ちくま新書

人はなぜ「美しい」がわかるのか

橋本 治
Hashimoto Osamu

JN262749

377

人はなぜ「美しい」がわかるのか【目次】

『人はなぜ「美しい」がわかるのか』を考えるためのまえがき

この本のタイトルは、『人はなぜ「美しい」がわかるのか』です。なぜ分かるのでしょう？　知りません。人が美を理解するのは、きっと「脳の働きがどうとかなっているから」でしょう。「人はなぜ〝美しい〟が分かるのか？」は、「人はなぜ〝きれい〟と感じるのか？」でもあって、こちらをタイトルに採用すれば、この本は「理科系の知性による脳の本」にも見えるかもしれません。しかし私は文科系の人間で、脳のことなんかよく分かりません。しかも、「〝美しい〟と感じる構造があるから〝美しい〟が分かる」という考え方には、関心がありません。考えるのなら私は、「どうして人には、〝分かる〟という、主体的でそれゆえに個別的なことが起こるのか？」と考えてしまいます。

ある人には「美しい」が分かり、別のある人には「美しい」が分からない——現実にはそういうことがあります。それを「なぜなのか？」と考えて、『人はなぜ「美しい」がわかるのか』というタイトルをつけます。

そして更に、「人はなぜ〝美しい〟が分かるのか？」と考える私は、「人はなぜ〝美しさ〟が分かるのか？」とは考えません。だから、『人はなぜ「美しい」がわかるのか』という、いささかややこしいタイトルになります。

なぜそんなことをするのか？　それは私が、「人は個別に〝美しい〟と思われるものを発見する」と思っているからです。

「美しさが分かる」だと、分かるべき対象の価値が、もう固定されているような気がします。たとえば、十九世紀後半のフランスに印象派の画家達が登場した時、美に関する当時の権威達は、「こんなものは絵じゃない」という否定をしました。「絵画」に価しないのだから、当然「美しいはずはない」のです。今の時代に印象派の絵を見て、「美しい」と思わない人はそういないでしょう。でも、「きれいかどうかは見れば分かる」と言われたって、見ても分からない人はいくらだっているのです。

「美に関する知識」だけは持っていて、そのくせ「美しい」がピンとこない人は、いくらでもいます。「〝美しい〟とはコレコレシカジカのもの」と決められて、そのガイドラインに沿ってだけ考えていれば、「美しい」が分からなくなります。「〝美しい〟に近いような気もするが、これは自分の知る〝美しさ〟には該当しない」と思ってしまえば、それはもう「美しくない」になるのです。「有名ブランドの物には目の色を変えて、有名ブランドの知識にも詳しくて、でも、ノンブランドの物に対してはいい悪いの判断が出来ない」というのは、このテの人です。

「〝美しい〟が分かる」というのは、「美に関する知識の獲得」ではありません。「コレコレが美である」という境界を明確に定めて、「その正解を数多く記憶することこそが美の理解だ」という教育が時折ありますが、私は賛成出来ません。「分からなければ美ではない」と、私は考えます。

私は、「各人が〝美しい〟と感じたそのことが、各人の知る〝美しさ〟の基礎となるべきだ」と考えていて、「〝美しさ〟とは、各人がそれぞれに創り上げるべきものだ」と考えています。つまり、「美しさ」とは無数にあるのです。あまりにも多くありすぎて、その一々を記憶するなんてことは、とてもじゃないが出来ない――だからこそ、たんびたんびに「美しい」と思って発見してしまう能力が重要なのだと、考えているのです。『人はなぜ「美しい」がわかるのか』というタイトルの微妙さは、そのことによっているものとお考え下さい。

第一章　「美しい」が分かる人、分からない人

†「美しい」が分からない人

「人はなぜ〝美しい〟が分かるのか？」と考える私は、その以前に、「人一般は〝美しい〟が分かるものである」と考えています。なんでそうなのかと言えば、それこそ「脳がそうなっているから」でしょうが、私の思考はそっちへは行かないで、「人一般は〝美しい〟が分かるのに、どうしてある人には〝美しい〟が分かり、別のある人には〝美しい〟が分からないという、ばらつきが起こるのか？」という方向へ行ってしまいます。そういうばらつきは、あるのだと思います。ある人には「美しい」が分かり、別のある人には「美しい」が分からない——それは、なぜなのでしょう？

この難問を解くためには、二つのアプローチが必要になります。一つは、「〝分かる〟という能力はどのようにして宿るのか？」という解明で、もう一つは、「分かる人間が〝分かる〟と言う、その〝美しい〟とはなんなのか？」という解明です。

分かっている人間は、「自分はもう分かっているから」という理由で、さっさと重要なことをすっ飛ばしてしまいます。ところが分からない人間というのは、「一体あいつは〝なに〟が分かっているんだ？　こっちは〝なに〟が分かっていないんだ？」という悩み方をするものです。分かっている人間には、この分かっていない人間の悩み方自体が理解出来ないのですが、分からない人間は、「なにを分かるんだ？」というところでつまずいているのです。

よく考えれば分かりますが、「美しいが分かる」の中には、「美しい」と「分かる」という、二つのチェックポイントが隠されているのです。「〝美しいが分かる〟と言う人間にとっての〝美しい〟とはなんなのか？」――このゴールとなるものがはっきりしなかったら、「分かる」という能力だって、宿りようはないのです。

（そして、こういうことを書いて、私は少しばかり後悔をします――「なんでこんなめんどくさいことを始めてしまったんだ？」と。普通、本を書く時に対象とされる読者は、一種類です。いろんな読者はいるにしても、書き手は一人なのですから、それに対応する読者だって、おのずと一種類に狭められてしまいます。だから、ある読者は「その通り！」とうなずき、別のある読者は、「一体こいつはなにを言ってるんだ！」と怒ります。書き手が一人で、読者が複数で、書き手の想定する「読者」は、結局一つのカテゴリーに集約されてしまって、だからこそ、その「一つ」からはずれてしまった読者は、「仲間はずれにされた！」と言って怒るのです――それが普通のあり方です。ところが、この本を書く私は、「美しいが分かる人」と「美しいが分からない人」との、正反対の読者を両方とも想定しなければなりません。この二人の読者は正反対の二人なのですから、一方が「なるほど」とうなずくことは、もう一方を「なんのことだ？」と悩ませることにもなります。それをして、その二つを一つに統合しなければ、この本は完結しません。

「よくもまァ、こんなめんどくさいことを始めてしまった」と後悔もしますが、仕方がありません。とりあえず方向は、「美しいが分からない人」へと傾いて行くことになります）

†「美しい＝合理的」という発見

「美しい」とは、「合理的な出来上がり方をしているものを見たり聴いたりした時に生まれる感動」です。私はそのように思い、そのように規定しますが、これは別に、私一人の勝手な思い決めではないでしょう。

たとえば、すぐれたスポーツ選手の動きは、「美しいフォーム」になります。
ある目的のために動かされた肉体が、その目的を果たすために、最も合理的な動き方をした――「美しいフォーム」とは、その時の肉体の動きが実現させるものです。だから人は、「奇蹟のように美しいフォーム」を実現させてしまったスポーツ選手の動きを見て、瞬間「おおっ……」というどよめきの声を発します。つまり、美は人を感動させるのです。

我ながら、「うまくまとまった」と思います。しかし、右の一文はいささか問題を含んだ文章です。なぜかと言うと、この世には「非合理の美」という言葉もあるからです。「合理的なものだけが美しい――などということは許さない！」と怒る人も、「美しいが分かる」派の中にはいるかもしれません。でも、そんなことを言われたら、「美しいが分からない」派の人は、永遠に「美しい」が分からないままになるでしょう。とりあえずは、「美しい＝合理的」を容認して下さい。そのうちに話は、一筋縄ではいかないようなものになるはずですから。

というわけで、「美しいものは合理的」です。すぐれたスポーツ選手の動きは「美しいフォーム」になって、奇蹟のように実現された「美しいフォーム」は、観客をどよめかせるような感動を生みます――この説明は、「美しいが分からない」派の人達を納得させるような説明でしょう。この説明の中心にあるのは、考えれば分かるはずの「合理的」で、「合理性が美しさを生み、美しさが感動を呼ぶ」という構成になっています。だから、なんとなく分かるのです。

「美しい」と同様に、「感動」というものもなんだかよく分からないものです。ですから、感動をして、「感動」というなんだかよく分からないものに訪れられてしまった人は、「なにが起こったんだ？」と不安にもなるのです。だから、その説明を求めます。その説明が、「わけの分かるもの」だったら、なんの問題もありません。ところが、その説明の核になるものが「なんだかよく分からないもの」だったら、不安は増幅されてしまいます。

「美しさが感動を呼んだ」は、いたってありふれたフレーズです。ところが、その「美しさ」を「美しい」と理解しない人にとっては、この説明がとんでもないものになります。「美しさが感動を呼んだ」とは、「なんだかわけの分からないものが、なんだかわけの分からない事態を惹き起こした」でしかないからです。「そんなバカなことがあるのか？」と、「美しいが分かる」派の人達は思うかもしれませんが、これはいたってありふれたことであろうと、私なんかは思います。

†「合理的」が好きか、「美しい」が好きか

「美しい」が分かるか分からないかを別にして、「美しい」という言葉を当たり前に使う人は、世間にいくらでもいます。そして、「美しさが感動を呼んだ」は、なんのへんてつもない表現です。だから平気で見過ごされてしまうのですが、この「美しさが感動を呼んだ」という表現は、ちょっとばかり検討される必要があると思います。

「美しさが感動を呼んだ」――こう言われた時、おそらく、そこに「感動」はあったのです。それは事実として、しかし、その「感動」が「美しさ」によって起こったのかどうかは分かりません。「感動したのは確かだが、なにに感動したのかはよく分からない」ということだって、いくらでもあります。そうなってしまうと、その「感動」を人に伝えにくくなります。ところが幸い、「美しさが感動を呼んだ」という、便利な慣用句もあるのです。これを使えば、「なんだかよく分からない感動」だって、人にすんなり伝えることが出来ます。「美しい」という言葉が、時々

空々しく響くものになってしまうのには、そんな裏事情だってあるはずなのです。

重要なのは、「美しさが感動を呼んだ」という表現が一般的であるということで、そうなってしまえば、「なにに感動したのかはよく分からないが、〝美しさが感動を呼んだ〟というのだから、きっと自分の感動もそういうものなんだろう」という追従《ついしょう》だって生まれてしまうということです。

「〝美しいが分からない〟なんてことはあるのか?」と思う人は、いくらでもいるでしょう。しかし、「美しい」という言葉は世にありふれて、おかげで、「美しい」という言葉が、「内容を詮索する必要のない、ただ素通りするだけの言葉」になってしまっている危険性だってあるのです。

その言葉を素通りさせてしまえば、「自分は〝美しい〟ということに対してピンときているのかどうか」ということだって、怪しくなります。そして、それもまた無理からぬことであるというのは、「美しい」がどういうことかを説明するのが、とてもむずかしいからです。「分かる人だけここにいなさい。分からない人はここから出て行きなさい！」と言わせてしまうような気むずかしさが、「美しい」という言葉にはあるのです。

ところがしかし、「合理的」という言葉は、その、なんだかよく分からなくて気むずかしい、「美しい」の内実を、明確に説明してくれるのです。しかも、その説明は間違ってなんかいないのです。「美しい」と言われるものは、確かに「合理的な出来上がり方」をしているのです。

「美しい＝合理的」が成り立ってしまえば、「美しい」という言葉は、そうそう難解にも響きません。もちろん、そう言われて異を唱える人もいるでしょう。「〝美しい＝合理的〟なんて決めつけられ方をしたらたまったもんじゃない。〝美しい〟というのは、もっと微妙なものだ」と思う人ももちろんいて、だったらそういう人達は、「美しい」だけを選択すればいいのです。なにしろ「美しい＝合理的」なんですから、同じシチュエイションで同じものに対して、「合理的だ」と言うのも、「美しい」と言うのも同じなのです。

「美しい」という言葉を選びたがる人は、「美しい」という言葉が好きなのです。同じ局面で「合理的」という言葉を選ぶ人は、「合理的」と考えることが好きなのです。

かくして、「美しいが分かる、分からない」という能力の差は解消されます。それは、「〝美しい〟が好きか、〝合理的〟が好きか」という、相対的なものに変わってしまうからです。

†しかし、人はさっさと「合理的」を捨てる

ここまではいいのです。しかし、ちょっと待って下さい。世には「なんて美しいんだ！」という感動の叫びがありふれて存在していますが、あなたは「なんて合理的なんだ！」という感動の叫びを耳にしたことがありますか？　私は聞いたことがありますが、しかし、「なんて合理的なんだ！」という感動の叫びなんかは、普通耳にしないもんじゃないでしょうか？

「美しい＝合理的」であるなら、「なんて美しいんだ！」という叫びと同じくらい、「なんて合理

的なんだ！」という声はあってもいいはずです。でもありません。「〝美しい〟が分からない」と思っていて、「美しい＝合理的」と説明されて「それなら分かった」と思う人が、「美しい＝合理的」なものを前にして「なんて合理的なんだ！」と叫ぶかどうかは分かりません。叫ぶんならその人達は、「分かった」と思う方の「美しい！」を叫ぶでしょう。

「美しい」が分からなくて、「合理的」を選択するのが好きで、「美しい＝合理的」と言われて「分かった」と思う人でも、「美しいもの」に出合ってしまったなら、やっぱり「美しい」を選んでしまう。私はそういう調査をやったわけではないので、確《しか》とは断言出来ないのですが、「きっとそうだろう」としか思えないのです。

「美しい」が分かるか分からないかは、所詮「〝美しい〟が好きか、〝合理的〟が好きか」の差でしかないはずなのに、人は結局、「美しい」を選んで「合理的」を捨てる——一体これはなぜなんでしょう？　「合理的」を選びたがる人でも、結局は「合理的」を捨てる——人というものは、どうもそういうものらしいのです。

†「黄金分割」を説明されて、あなたは幸福になりますか？

「美しいものは合理的な出来上がり方をしている」という発見は、別に珍しいものではありません。古代のギリシア人だって、そう考えていました。その代表的な例となるのが、彫刻やなんかでおなじみの「黄金分割」というやつです。

「黄金分割」というのは、「美しさを成り立たせるための最も合理的な比率」です。「黄金分割の比率によっているものは最も美しい」ということになっていました。「黄金分割」に関して、私の言うべきことはこれだけです。それ以上の説明は、めんどくさいからしません。

「黄金分割」がなぜめんどくさいのかというと、この比率が「一・六一八……対一」というややこしい数字だからです。

古代のギリシア人は、こういうややこしくもめんどくさい数字を使って、「合理的なものは美しい。美しいものは合理的である」という説明をしました。この説明は間違っていないでしょう。だから、今に残る古代ギリシアの彫刻は「美しい」のです。

でも、それがなんなんでしょう？　私なんかは、「だからなんだ？」と思ってしまいます。「黄金分割」で私にとって重要なことは、「その数字はいとも覚えにくい」ということだけです。

「古代のギリシア人は、なんだってそんな面倒なことを考えたんだろう？　なんでそんな面倒な数字を基本にして、彫刻なんかが彫れたんだろう？」と考えてしまいます。私なんかが「なぜだ？」と考えたって、その答が出るわけもありません。私の頭は、「一・六一八……対一」という数字に、全然反応しないのです。だから、考えるのをやめてしまいます。でもその代わりに、出来るんだったら、「美しい」とされる古代ギリシアの彫刻を、しげしげと眺めます。しげしげと眺めて、「なるほど美しいな」と思えてしまえれば、「一・六一八……対一」という数字なんか、どうでもよくなってしまうからです。

「なるほど美しい」と思えてしまえば、面倒な数字なんかどうでもよくなります。「そういうことは、考えたいやつが考えればいい」と思います。人は知りませんが、少なくとも私はそうです。「美を説明するための合理的な数字」が、私にとっては、「美の享受を妨げる呪いの数字」にしかならないのです。

古代ギリシアの彫刻を目の前にして、「なるほど美しいな」と思っている――その様子は、所詮「〝ふーん……〟と思いながら眺めている」程度のものです。別に、それが悪いとも思いません。ルーヴル美術館にあるミロのヴィーナスの前で、多くの人が「ふーん……」という声にならない声を出して眺め上げているのは、おそらく、「頭の中に残ってしまった〝黄金分割〟というよく分からない知識を忘れるため」です。少なくとも、私はそのようにしていました。私のようにする人は、決して少なくなんかないだろうと思います。なぜかと言えば、繰り返しになりますが、「黄金分割」が決して分かりやすい数字ではないからです。

その数字が「二対一」とか「二対一・五」というような単純な比率ならともかく、「一・六一八……対一」というようなものを、どうやって理解するのですか？　別に、ミロのヴィーナスの横に、この数字を理解するためのモノサシが立ててあるわけではないのです。「どうぞモノサシで測ってみて下さい」という表示があるわけでもないのです。たとえそのモノサシがあったとしたって、普通の人間は、「一・六一八……対一」という比率を、現実生活の中で実感していないのです。分かるはずはありません。

人というものは、自分が感動したものの正体を、「合理的」という言葉で説明されたがるものです。であるにもかかわらず、人というものは、その「合理的」という説明を、さっさと捨ててしまいます。「なるほど、美しい」と思えてしまえれば、それでいいのです。だから、「むずかしい理屈はよく分からないけど」という前置きを置いて、「私は素晴らしいと思う」とか、「私は好きだ」などという判断を下すのです。ミロのヴィーナスを見て、いきなり「合理的だ！」なんて言い出す人がどれほどいるでしょう。人はそれほど古代のギリシア人ではありませんし、彫刻作りに行き詰まっているプロの彫刻家ではないのです。

†なぜ「合理的」は分かりにくいのか

人というものは、「感動」というなんだか分からないものにとまどって、それに対する合理的な説明を求めて、でも説明されてしまうと、その求められた「合理的」を平気で捨ててしまうものです。人というものはそういうものだと思うのですが、でも私は、ちょっとだけ不思議です。

というのは、「合理的」はなにかの役に立つかもしれないけれど、捨てられずに選ばれる「美しい」は、なんの役に立つのかがよく分からないものだからです。

「合理的なもの」を発見した方が、なにかの役には立つはずです。「美しい」を発見したって、別になにかの役に立つわけでもありません。せいぜい、「私は好きだ」で終わりです。ところが、多くの人達は「合理的」より「美しい」を選びます。そんなに審美眼のある人ばかりがいるとも思えません。「美か、お金か」ということになったら、迷わずに「お金」と答える人の方が多かろうと思われる中で、人の多くは、役に立つ――つまり「お金」に結びつくかもしれない「合理的」よりも、たいして役に立たない「美しい」を選ぶのです。これで、「合理的」と「美しい」とがまったくの別物であるのならともかく、「合理的＝美しい」の前提の下で、人は「美しい」を選ぶのです。なぜでしょう？

その最大の理由は、「合理的である」という判断を下そうとしても、その対象のどこに「合理的」が隠されているのかが、よく分からないからです。

「"一・六一八……対一"が、最も調和的な美をあらわす合理的な数字だ」と言われても、どこが「一」でどこが「一・六一八……」に該当するのかが分からなかったら、なんの意味もありません。「ミロのヴィーナスは八頭身だ」とか「十頭身だ」と言われた方が、まだ分かります。頭の大きさを「一」と考えればいいのです。ところが、「一・六一八……対一」の黄金分割はそうじゃありません。

「ある長さ」を二つに分けます。その「大きい部分」と「小さい部分」の比率が、「一・六一八……対一」です。なんでこんなめんどくさい数字にするのかというと、この比率になっている時は、「全体の長さ」対「大きい部分」の比率もまた、「一・六一八……対一」になっているからです。「ある全体」が、「一・六一八……対一」の比率で、どこまでもどこまでも分割されて行くというのが黄金分割で、これを理解するためには、まず「全体が一・六一八……なんだな」と考えて、「それに対して〝一〟になる部分はどこなんだ?」と考えなければなりません。言われるだけでもめんどくさいことですが、それを現物で確かめるとなると、「どこが〝一〟なんだ?」を探し続けなければならないのです。そんなこと、誰にでも出来るわけではありません。「合理的な説明」は、「どこが合理的か?」を探し出すこと自体がむずかしいのです。

たとえば、野球選手が美しいフォームでホームランを打った時、サッカー選手がとんでもなくカッコよくゴールを決めた時、あなたは即座に「なんて合理的な動きなんだ!」という判断を下せますか? 「美しいフォームは、最も合理的な身体の動きから生まれる」と言われ、それにうなずいて、その後に目の前で「美しいフォーム」を見て、「そのどこが合理的か」の判断が出来ますか? その動きの素晴らしさに「おおっ……」と思い、「すげェ!」と言ったとしても、その声の背後にあるものは、「この選手はなんと合理的に身体を動かすのだろう」という、理性的な説明ではないはずです。それは、「なんて合理的なんだ！」も含めた、「美しい！」という感嘆の声でしょう。それが「美しい」とつぶやく声であることを自覚するかしないかは別にして、人はまず、「美しい」ということを発見してしまうのです。

それが「合理的」であるかどうかを判断するためには、かなり以上の「チェック項目」が必要となります。瞬間的な動きを見て、そこにすかさず「必要とされる複数のチェック項目」を想定し、その項目に従って必要なだけのチェックをする——そして、「なるほど、合理的であるな」などという判断を下せるのは、特殊な訓練を積んだ人だけです。普通の人間には出来ません。だからこそ、「スロービデオの映像を使ったフォームの分析」なんてことをするのです。そしてもちろん、それがむずかしいのは、「動いているから」ではありません。「美しさに届くような合理性」がどこに隠されているのかが分からないから、むずかしいのです。だからこそ、「スロービデオの動きを解析し、解説してくれる専門家」が必要となるのです。

†なぜ批評家をするのはつまらないか

「どこにそのチェック項目が隠されて存在するのか」を理解し、それをチェックして「合理的だ」と判断するのには、時間がかかります。目の前に「興奮＝感動」が存在しているような時、一体誰が、その「興奮＝感動」の瞬間をそっちのけにして、「このどこに合理性が隠されているのだろうか?」という詮索をするでしょうか? そんなことをするのは、「興奮＝感動」を理解しない人だけです。

私は時として、人に「見て下さい」と頼まれて、映画とか芝居とかコンサートとか展覧会に行くことがあります。ほんとは行きたくありません。なぜかというと、そんなことを頼まれた時には、見た後で「どこがよかった、悪かった」を言わなければなりません。それをするのなら、「冷静に見る」をしなければなりません。それは「感動する」とは隔った、「批評家になって見る」です。「感動しないように、冷静にジャッジ出来るような、別のポジションを探して見よう」というのは、疲れることでつまんないことです。そんなことをするよりも、さっさと感動をしてしまった方がいいのです。

人というものは、それが出来るのだったら、まず、さっさと感動をしてしまいます。感動をしていれば、「理性的な説明」なんかをする暇がありません。批評家の感動が時としてずれているのは、批評家が「そう簡単に感動してはいけない職業」だからです。つまりません。そしてもちろん感動とは、「美しい!」と思う発見なのです。

「美しい」と思った時に、人は感動しています。そして、人が感動している時、その人は「美しい」を実感しているのです。

†それは恋に似ている

「美しい」は、感動の言葉です。自分の中に「美しい」という言葉を持っていなくても、自分が「美しい」と感じているという自覚を持っていなくても、感動した時、人はほとんど「美しい」と叫びかけているのです。

「美しい」は、咄嗟《とっさ》に出る感動の言葉で、「合理的」は、そこに後からやって来る「他人の言葉」です。それが自分の口から出ようと、他人の口から出ようと、「合理的」を説明する言葉が、「他人の言葉」であることだけは変わりません。なぜかと言えば、感動というものが「自分自身の中枢から発されるもの」で、感動とは、「自覚してしまった自分自身」なのです。だから、「感動したのは確かだが、なにが起こったのかはよく分からない」というとまどいが生まれます。「よく分からない自分自身」に対して、「他人の立場からの説明」も必要になって、「合理的」とは、それを説明する「他人の声」なのです。

その説明を自分でしようとしたって、その説明の言葉が、「感動してしまった自分自身の実感」をきちんと捕捉してくれるかどうかは分かりません。その「実感」を、もしも他人がうまくフォローしてくれたら、他人の口から出た言葉であっても、それは「自分自身の言葉」になるでしょう。でも、その言葉が「感動してしまった自分自身」を納得させなかったら、その言葉が自分自身の口から出たものであっても、所詮は「他人の言葉」です。人というものは、そのように判断をするものなのです。

それはなぜなのか？　それは、人というものが、「〃合理的〃を説く他人の言葉よりも、感動してしまった自分自身の実感に従うことの方が、ずっと合理的だ」と考える生き物だからです。その点で、「美しい」に関する理解は、「恋の訪れ」と同じものになります。

人は、まず恋をして、その後で、自分の恋した相手がどんな人物かを知ろうとします。他人に関するデータだけを集めて、そのデータに恋をして、「恋」を前提にしてその相手に会うというのは、恋なんかではありません。それは、「自分の幸福に対する打算」です。その人と会う前に、その人に関するデータを手に入れ、その人と会った後でその人に恋をしていたのなら、その時人は、会う前に手に入れていた相手のデータを、全部忘れて、捨ててしまっているのです。恋というのはそういうもので、恋というのは、そういう始まり方しかしません。

その相手のことをなにも知らないまま、「この人は自分にとって必要な人物だ」と直感してしまう――それが恋です。「美しい」という感動も、それと同じです。

まず「感動」があります。もしかしたらその「感動」は、「かくも合理的である」という分析を必要とするものなのかもしれません。しかし、まだそんなことは分かりません。分からないまま、ただ「感動」としてあります。人はその「感動」を必要として、「これは自分にとって必要な感動だ」という判断をします。その「必要」を大づかみに取り込んでしまうための指標が、「美しい」という実感なのです。

まず、大づかみに把握する。「合理的」に関する分析は、するんだったらその後にする。その分析は、うまく行くのかもしれないし、うまく行かないのかもしれない。それを分析することがどの程度に必要なのかどうかも、実のところはよく分からない――でも、「これを取り込んでしまう必要はある」という、実感だけはある。「美しい」は、その実感を刺激する、「取り込んでしまえ」の指標なのです。

だからこそ、人の多くはそれを取り込む。取り込んだだけで忘れてしまうことも多い。「人に惚れることはいくらでもあるけれど、その実感が実りある恋に進むことはほとんどない」という人だって、いくらでもいます。「美しい」は、その点においても、恋と似ているのです。だからこそ、「美しい」は分かりにくいのかもしれません。

というところでもう一度、話は「美しいが分からない人」です。

†「美しい」という言葉を持たない人

「美しい」は、感動の言葉です。自分の人生の中で一度も感動したことがないという人は、そういないでしょう。おそらくは「美しい」であろうようなものに出合って、「お……」とか

「あ……」というようなつぶやきをもらしたことが一度もないという人も、そうはいないでしょう。そうではありながらしかし、「美しい」という言葉を一度も使ったことがないという人は、もしかしたら、珍しくないかもしれません。

「世間に〝美しい〟という言葉があることを知ってはいるが、自分の言葉としてそれを使ったという記憶はほとんどないし、この先も使うとは思わない」という人は、けっこういるんだと思います。私の言う「〝美しい〟が分からない人」とその人達は、かなりの部分で重なるはずです。

世の中には、「美しい」という言葉の存在を知って、ひそかに自分自身のボキャブラリーの中にも取り込んでいて、でも「それを使うのが恥ずかしいから」という理由で、「美しい」という言葉を使わない人もいます。それは、多いのだとしたら、男の中に多くいます。「〝きれい〟だの〝美しい〟だのを口にするのは男らしくない」という教育を受けて、それを禁圧してしまったのです。

町できれいな女の人を見た男が「きれいだ……」と口の中でつぶやくのと、きれいな男の人を見た女が「きれいね……」とつぶやくのと、どちらが多いでしょう？　私は、男がつぶやく率の方が高いと思いますが、それは男が「美しい」という言葉をより多く持っているからではないでしょう。「きれい」とか「美しい」というのは「女」にかかる言葉で、「男」にかかる言葉ではないからです。

「きれいな男の人」と言われた時、普通はそこに「女のように」という余分な言葉をのっけてしまうでしょう。「美しいは女の領域で、男の領域ではないし」という前提に従わされてしまえば、男に対して「美しい」という言葉を使うのは、タブーになってしまいます。それで、「恥ずかしいから使わない――使えない」になってしまうのですが、その状態を長い間放置しておけば、「恥ずかしい」もへったくれもない、ただの「使えない」になってしまいます。「使わない機能は退化する」は、感情方面においても同じです。

ということになると、男が「美しい」という言葉を使わないのは、「社会のせい」ということになってしまいますが、もちろんこの私は、そんな答に満足なんかしません。「恥ずかしいから〝美しい〟という言葉が使えない」なら、それは「社会のせい」かもしれませんが、「美しい」という言葉を使わない人すべてが「恥ずかしいから」と思っているかどうかは分かりません。その理由を問題にする以前に、「どういうわけだか〝美しい〟という言葉を持っていない人」だっているのです。

†「美しい」より「やりたい」

男がきれいな女の人を見て「きれいだ……」と思う――いたってありふれたことです。いたってありふれたことですが、きれいな女の人を見て心を動かされた男のすべてが、「きれいだ」とか「美しい」と思うかどうかは、また別です。きれいな女の人を見て、ただドキドキするだけの男だっています。ただドキドキして、自分がその人を「美しい」と思ったのかどうかさえ分からない男だっています。だから当然、美しい女の人を見たら、いきなり「やりたい」と思ってしまう男だっているのです。

なにかが向こうからやって来た。それがなにでどんなものであるのかを考えず、いきなり、「これに対して自分はなにをなすべきか」を考えてしまう。「きれいな女の人を見たらいきなり"やりたい"と思ってしまう」は、この例です。これがもっと極端になってしまうと、「自分のどこかを刺激したものに対して殺意を感じてしまう」になります。そんなやつがいるからこそ、無残な殺人事件も起こるのです。

美しい女の人を見ていきなり「やりたい」と思ってしまう男というのは、そう珍しくもありません。当然、「美しい男の人を見たらいきなり"やりたい"と思ってしまう女」というのも珍しくありません。もちろんここには、「(自分にとっての)美しい」という限定は付きますが。

自分の好みに合った人間を見るとじっとしていられない人間というのは、男女を問わずいくらでもいます。若かったらなおのことそうでしょうが、年を取って図々しくなっても、なおのことそうでしょう。それはつまり、「いきなり"やりたい"と思う」です。この胸の中の言葉をそのまま実践してしまうと犯罪の領域に入ってしまう可能性があるので、多くの人は、ここに「自制」というものを持ち込みます。だから、「やりたい」が露骨にならないだけです。

このままだとあまりにもむくつけ（つまり「何をしでかすかわからない」）になりますから、ここに多くの文学者は「美しいと思ったから」という理由付けをします。でも、「やりたい」と思ってしまった当人が、その対象を「美しい」と思っているのかどうかは分かりません。その対象がはたから見て「美しい」と思えるような存在の場合、「美しいからやりたいと思ったのだ」という推論は可能になりますが、「美しい」というのは個々人が発見するものですから、その対象が「はたから見て美しくない」ということだって、十分にあります。十分にありますが、しかし、「やりたい」と思った人間がその対象を「美しい」と思ったことだけは、間違いがないでしょう。

はたから見ていて、深く考えれば、「あの人物は、目の前にいる対象を見て〝美しい〟と思い、であればこそ〝やりたい〟と思ったのだな」ということは、たやすく推論出来ます。推論は出来ますが、それはあくまでもはたから見ての話で、「やりたい」と思っている当人が、「美しい」を明確に意識しているかどうかなんて、ほんとのところは分からないのです。

「はたから見て美しいと思えるような対象」――あるいは、「心理学的な推察によって、きっと〝美しい〟のであろうと類推されるような対象」に出合った時、「美しい」という言葉抜きで、いきなり「やりたい」と思ってしまうだけの人間だっているのです。それが、「〝美しい〟という言葉を持たない人間」です。

†「いい女」や「いい男」は、果して本当に「美しい女」や「美しい男」なのか？

「美しい」は、感動の言葉です。それは、「あ……」とか「お……」という、「美しさを予感する驚きのつぶやき」の後に生まれます。「あ……」とか「お……」という、声にならない驚きが「種」となって、それが芽を出し花を開かせると、「美しい」という言葉になると思っていただいてもけっこうです。

それで、あなたが「(自分にとっての)美しい女」や「男」を見た時に、「あ……」とか「お……」という衝撃の声をひそかにもらしてしまったとします。その声は、すぐに「美しい」という言葉を導き出しますか？　それが簡単に「美しい」になるのだったらかまいませんが、もしかしたらあなたは、「美しい」と思う前に、「いい」という言葉を使ってるんじゃありませんか？

——つまり、「いい女」「いい男」ということです。

きれいな女の人を見て「美しい」と思う人よりも、おそらく、「いい女だ」と思う人の方が多いでしょう。その対象が男だった場合、「きれいな男」とか「美しい男」とかよりも、「いい男……」と反応してしまう場合の方がずっと多いと思います。なぜかと言えば、男には「美しい」という形容がつきにくいからです。

男の思う「いい女」は、普通「美しい女」です。しかし、女の思う「いい男」は、あまりストレートに「美しい男」とはイコールになりません。なんでそうなるのかと言うと、男の社会が「女の美しさ」に対してある一定のガイドラインを設定しているのに反して、「男の美しさ」に対するガイドラインがない――あるいは曖昧なままだからです。

「女の美しさとはこのようなもので、こういう女が美しい」というガイドラインがあればこそ、これに合致している女は「いい女」になり、「いい女＝美しい女」は成立します。ところが女には、「男の美しさ」を共通見解として提出するような「女の社会」がありません。現在が「ある」に近づいているとしても、過去においてそれだけの力を持つ「女の社会」はありませんでした。しかも、「美しい」という形容詞を女達に奉ってしまった男達は、自分達男の上に、「美しい」という形容詞を載せる習慣をなくしてしまいました。

「美しい男」がどういうものかというガイドラインがないのですから、「美しい男＝いい男」は成り立ちません。ところが、女はやっぱり、自分のための「いい男」を必要とするのです。それで、女達は個々に、「自分にとって必要な男＝いい男＝美しい男」という発見をせざるをえなくなりました。「いい女」と「美しい女」がほぼ一致するのに対して、「いい男」と「美しい男」の間にある程度以上のブレがあるのは、そのためです。

†なにを基準に「いい」と言うか

男が女を見る基準の第一は、「美しい」です。「いい女」は、そこから割り出されます。一方、「美しい男」というガイドラインを持たない女が男を見る基準は、まず「いい」です。「いい男」のガイドラインは、それを口にする女達個々の胸の中にあって、それゆえにこそ、千差万別です。では、その「いい」という判断基準は、なにに合致しての「いい」なのでしょうか？「私にとってのいい男」というのは、「私」のなにに対応して「いい」なのでしょうか？

はっきり言ってしまえば、それは「男」というものを必要とする女の「必要＝性欲」に対しての「いい」なのですね。「いい女だ、やりてェなァ」という男のつぶやきを横に置いてみれば、このことはよく分かります。

「いい女」は、「やりたい」という性欲の発動に対する枕詞のようなもので、この「いい」は、「〝美しい〟というガイドラインに合致しているからいい」であるのと同時に、「私の必要＝性欲と正しく合致しているはずだからいい」なのですね。

「美しい女」のガイドラインを社会的に設定してしまった男の内部は、「女の美しさを認識する」という社会的行為と、「やりたい」という個人的衝動の間で揺れて曖昧になりますが、「いい男」のガイドラインを個人的に設定せざるをえない女の場合は、もっとストレートに単純です。まず

「いい男」がある。まず「必要」がある——それはすなわち、「私の必要＝性欲と正しく合致しているはずの男」なのですね。

まず「いい」という、「個人的な必要に合致しているかどうか」の、根源的な基準がある。だからこそ、一応のガイドラインのある「美しい女」だって、結局のところはばらついてしまう。「いい女」や「いい男」が、本当に「美しい女」や「美しい男」であるかどうかは分からないということですね。

†ゴキブリを見ないで叩きつぶせる人に、ゴキブリの美しさは分からない

「いい女」「いい男」というのは、実のところ、「美しい」という基準から割り出されるものではありません。それは、「自分の必要＝性欲と合致しているかどうか」という基準から割り出されるもので、つまりは、「自分の性欲の必要に対して合理的である」という認識によるものなのです。だから、「いい女だ！」という認識は、「やりたい」という行動中枢を刺激してしまう。そこでいきなり押し倒してしまえば犯罪ですが、人間には自制心というものがあるので、「なんとかして口をききたい」とか「コンタクトを取りたい」とかという形になる——そうなる以前に、「なんとなくドキドキして落ち着かない」になるわけですね。

「美しい」という中間項のきれいごとを排除してしまえば、人間というものは、「いい女」や

「いい男」に対して、「自分の必要に合致するかどうか」という合理性の方面からしか見ていないということになります。「なるほど合理的だ」という判断が出たら、人はまっしぐらに「自分の必要とする行動」へ向かって行くということです。これはすなわち、「美しい花を見たら即座にもぎ取ってしまう」ということであり、「ゴキブリが出現したら後先かまわず叫びまくって叩きつぶす」というのと同じですね。

ゴキブリにはゴキブリとしての機能美があります。だから、これを叩きつぶす前にじっと見ていれば、「なるほど、これも生き物なのだな」ということはよく分かります。ところが、「ゴキブリ＝いや」の条件反射が出来上がっている人は、ゴキブリを見るのもいやです。そういう人はもちろん、「ゴキブリとしての機能美」なんかを確認する前に、逃げ出すか叩きつぶすか、殺虫剤のスプレーを構えています。これはもちろん、「いい女」や「いい男」を見たらすぐに飛びかかっているというのとおんなじです。「必要だ」と思えば自分のものにしてしまう。「不必要だ」と思えば排除の方に突進してしまう。これがすなわち、「自分の欲望充足に関する合理的な判断」です――「欲望の充足」に関してだけ合理的で、「いい、悪い」とは別問題ではありますが。

私の言っていることは、なんだか矛盾しているように思えます。以前には、「合理的かどうかを判断するのには時間がかかるから、人というものは、まず〝美しい〟という概括的なレッテルを貼る」と言いました。今ここでは、「人は〝美しい〟をさっさと通り越して、自身の〝合理的〟という判断に従う」と言っています。つまり、「合理的かどうかを判断するのに時間はかからない」と言っているのです。なんだか矛盾しているようですが、別に矛盾はしていません。前者の「時間がかかる」は、「対象の美しさが合理的かどうかを判断するのには時間がかかる」で、後者の「時間がかからない」は、「自分の欲望充足に関する合理的な判断には時間がかからない」です。もっと簡単に言ってしまえば、「相手の都合を理解するのには時間がかかるが、自分の都合ならさっさと分かる」ということです。別に矛盾なんかしていません。

ゴキブリがそれ自身の合理性に合致した機能美を持っていることを理解するためには、ゴキブリをしげしげと見なければいけない——だから時間がかかる。でも、「ゴキブリ＝排除の対象」と理解している人が、排除の手段を取るのには時間がかからない。それだけのことです。話がややこしくなるのは、私がへんなところに「合理的」という言葉を持ち出して、「自分の欲望充足に関する合理的な判断」などと、混乱を招きやすいことを言うからです。

なぜそんなことをするのか？　それは、「美しい」という言葉が既に混乱の中に巻き込まれてしまっているからです。

†「美しい花を見たら即座にもぎ取ってしまう」の不思議

たとえば、「美しい花を見たら即座にもぎ取ってしまう」という文章は、いたって不思議な文章です。形式的にはなんの問題もありません。どこにも謎や矛盾は隠されていないように見えます。しかし、この文章には問題があります。「美しい花を見たら」が、なぜ「即座にもぎ取ってしまう」に続くのかを考えたら分かるでしょう。

「美しい花」と「ゴキブリ」とは違います。「ゴキブリを見たら即座に叩きつぶす」は、ゴキブリが「排除したいいやなもの」だからです――その了解があればこそ、「ゴキブリを見たら即座に叩きつぶす」という文章は成り立つのです。ところが、「美しい花」には、イコール「即座にもぎ取る」という了解はありません。たとえば、その即座にもぎ取ってしまう人は、ゴキブリと同じように、花が嫌いなのかもしれません。だとしたら、「美しい花を見たら――」という文章は、ただ「花を見たら即座にもぎ取ってしまう」か、「花といういやなものを見たら即座にもぎ取ってしまう」でなければなりません。もぎ取ってしまう人は、別に花を「美しい」と思ってはいないのです。文章中の「もぎ取ってしまう人」とは別の、その文章を書く人間が、「花」というものに対して「美しい」という余計な形容詞を奉ったただけのことです。つまり、「美しい」という形容詞が、解釈する必要のない、「花」に対する枕詞のような役割を果してしまっているのです。だから、この「美しい」という形容詞は無価値です。無価値になってしまっていることを一向に疑われない形容詞が、「美しい」ではあるのです。だから私は、「美しさが感動を呼んだ」という表現には検討の余地があると言うのです。

「美しい花を見たら即座にもぎ取ってしまう」という文章には、まだまだ他の解釈が成り立ちます。

我々は「花盗人」とか「花泥棒」という言葉を知っています。美しい花を拒絶するためにもぎ取るのではなく、美しい花の「美しさ」を肯定してもぎ取るのです。それが好きだから盗む人もいるでしょう。それが「金になるから」という理由でもぎ取る人もいるでしょう――だから、高山植物の盗掘という事態も起こります。そういう人達においては、「美しい花を見たら即座にもぎ取る」も起こるでしょうが、しかしそうであっても、やっぱり「美しい花を見たら即座にもぎ取ってしまう」は不正解です。

「この花がほしいから」で花を盗む人は、「美しい花を見たら……」ではありません。「ほしい花を見たら即座にもぎ取ってしまう」です。「この花は金になるぞ」と思って盗む人は、「金になる花を見たら即座にもぎ取ってしまう」です。どちらの場合も、「美しい」という形容詞は、文章を書く人間が勝手につけただけの、文章中の人物とは無縁の形容詞です。だからこそ、「美しい花を見たら即座にもぎ取ってしまう」は、文章の形が整っているだけの、間違った文章なのです。

考えてみればいいのです。「花の美しさ」を理解する人は、「即座にもぎ取る」なんてしません。取るんだったら、その花の「美しさ」を損わないように、「ゆっくり」と取ります。「即座にもぎ取る」をしてしまうそのことにおいて、それをする人は、「花の美しさ」とは無縁なのです。

†「美しい」と思う時、時間は止まってしまう

その花の美しさを理解してその花を取ろうとする人は、なぜ「ゆっくり」とそれをするのでしょう？「その花の美しさを損わないように」というのは、おそらく二義的な理由です。それが「ゆっくり」になってしまうのは、「美しい」を実感した時に人の思考が停止してしまっていることに由来するのだと、私は考えます。

考えてみれば分かります。あなたは「美しい女」や「美しい男」を見た時に、すぐ「やりたい」と思いますか？　あまりにも表現がむくつけだと仰言《おつしや》るのなら、「胸のときめきを感じますか？」と言い直します。

「感じる」と仰言るのなら、あなたは言葉の使い方を間違っているのです。胸のときめきを感じたり「やりたい」と思ってしまうのなら、その相手は「美しい女」や「美しい男」ではないのです。あなたの欲望の体系＝必要に合致すると思われる、「いい女」や「いい男」なのです。そして、その相手が「なんだか分からないけど見とれてしまった」という反応を惹き起こしたのだと

したら、その相手は「美しい女」や「美しい男」なのです。また、誰もが「美しい」と言う男や女を見て、あなたがすぐに「やりたい」と思ってしまったのなら、あなたは「美しいが分からない人」かもしれない可能性があります。なぜそんなことを言うのかといえば、「美しい」が思考停止から生まれる感情で、直接的にはなんの役にも立たない認識だからです。だから、「美しい女」や「美しい男」を見た時、人は、「美しいかもしれないけど、別になんにも感じなかった」という感慨を抱いたりもするのです。

「美しい」という言葉は、「美しい＝合理的」であるようなものに出合った瞬間の、「あ……」とか「お……」というつぶやきの中から生まれます。それはつまり、判断停止の思考停止の中から生まれるのです。既に言った通り、「あ……」とか「お……」というのは、「美しさを予感させるつぶやき」で、その声にならないような驚きの声が「種」となり、思考停止の時間の中に根を下ろし、芽を出し花を開かせると、「美しい」という言葉になります。判断停止の中で生まれるものだから、「美しい」という言葉は、直接なんの役にも立たないのです――それが生まれたとしても、生まれた当座は、なんの役に立つのかが分からないのです。そして、だからこそ、「美しい」に育って行く実感は、とまどいを生んだりもします。

なにしろそれは、判断停止、思考停止の中で生まれるのです。しかもそれは、一時的かつ突発的に生まれます。「美しい」を実感することに慣れない人が、その突然の思考停止にとまどい、

「なぜだ?」と、その理由の合理的解明を求めるのは無理もありません。そして、だからこそ人は、別の方向だって求めます。つまり、一時的な思考停止に出合わない方向です。

「美しい」に出合ってしまったら、思考停止、判断停止に陥る——だったら、「美しい」に出合わないようにすればいい。そのためにはどうすればいいのか? 避けようとしても、「美しい」を実感させるようなものは、どこからどのようにしてやって来るのかは分からない。また、自分がなにを「美しい」と実感するのかも分からない。その避けようもないものに、どのような対処をすればいいのか?

簡単です。「美しい」がどういうことかを分からなくすればいいのです。「美しい」が分からなければ、「美しい」という実感に出合って思考放棄を強いられる必要もない。「美しいが分からない人」は、そのようにして登場するのです。

†誰が「美しい」を分からないか

「美しい」が分からなくて、「美しい」を苦手とする人達は、理性的であることが好きで、合理的であることが好きで、「なんでも自分で判断して決めたい」と思っているか、「なんでも自分で判断して決めなければならない」と思い込んでいる、主体的が好きで、意志的が好きな人達です。

こういう人達が思考停止に陥ったらどうなるでしょう? パニックを起こすに決まっています。

順調に生産を続けていた工場の機械がわけもなく突然止まって、工場長が「おーい、どうした!」と怒鳴るのとおんなじです。もちろんこの人達だって、「思考を休める」はするでしょう。自分から休めるのはいいけれども、外から不意討ちのように思考を止められるのは困る——。「美しい」に関する直感の訪れは、ある意味で「襲撃」です。「美しい」は、思考を混乱させ、停止させてしまうのです。「理性的でありたい」とか、「合理的でありたい」とか、「意志的でありたい」とか、「なんでも自分で決めて、自分に関するすべてのことにイニシアティヴを取っていたい」と思う人にとって、こんなことはいやでしょう。自分とは関係ない外からの力によって思考を停止させられているなんて、苦痛以外のなにものでもない——だからこそ、「この停止の時間を短くしたい。排除してしまいたい」と思うのです。つまり、「美しい」と思えるシチュエイションの無意識的な排除です。

それをし続けたらどうなるのか? 「美しい」を開花させる時間がなくなって、「美しい」が分からないままになってしまいます。

こういう人達には「理解力」があります。「理解力」だけがあって、「類推能力」がありません。「分かることだけは分かるが、分からないことは分からない」で終わりです。どう終わりにするのかと言えば、「分からないことは扱いようがないから排除する」で終わりです。「分かること」だけ分かって、「分からないこと」は、排除されて存在しません。だから、「分かることは分かる」の理解能力はあって、「分からないことを分かる」の類推能力は育ちません。「分かることは分かるんだから、〝なに〟が美しいかを教えろ――そうしたら、理解して覚える」という発想をします。印象派が登場してもその美しさが理解出来ない十九世紀フランスの「美の権威」になってもしょうがないとは思いますが、でも仕方がありません。こういう人達には、「美しい」を教養として貯える以外の術がないからです。

範囲が決めてあれば分かる――あるいは、分かろうという努力をする。範囲が確定されていなかったら、自分でその範囲を確定してしまう。だから、「美に関する教養主義者は、美に関して気むずかしく厳格になる」ということにもなります。「範囲」という防壁を曖昧にして、なんだかわけの分からないものに侵入されてしまったから困るのです。もしかしたら、「叩きつぶす前にゴキブリをじっと見ると、ゴキブリにはゴキブリなりの機能美があることが分かる」なんて言ったら、「ふざけるな！」と怒られてしまうかもしれません。

もちろん、こういう人達は理解力があります。だから、説明されれば分かります――それはもちろん、「当人の理解に合致するように説明されたら」の限定付きですが。

そしてもちろん、こういう人達は、説明されなければ分かりません。類推能力に欠けているからです。だから、「説明をしろ！　説明をしなければ分からない！」の一点張りで、「説明の出来ない相手の胸の内」なんて分かりません。「説明出来ないままでいる相手の胸の内」が分かる人なら、「美しい」だって分かります。なにしろ、「美しいもの」とは「合理的な出来上がり方をしているもの」で、その「合理的」の基準は、見たり聴いたりするこちらにあるものではなくて、見られたり聴かれたりするあちらにあるからです。

ゴキブリは、ゴキブリの基準に従って合理的な機能美を有している——であるならば、「ゴキブリの立場」を理解しなければ、その「美しさ」は訪れない。「ゴキブリって、なんで気持ちが悪いのよ！」と言っても、ゴキブリは説明してくれません。ゴキブリに口がきけたとしても、言うことはせいぜい、「それはこっちのせいじゃない」でしょう。

「こっちはこっちなりに生きている。それを一方的に〝気持ち悪い〟なんて言うのは、あんたの一方的な主観で、オレのことを〝気持ち悪い〟と言うあんたの胸の内の秘密は、あんたにしか分からない」——ゴキブリの言うことはこれだけでしょう。

ゴキブリはゴキブリなりに生きていて、自分自身の生き方に従って「合理的なフォルム」を獲得しているだけで、別に「俺は美しいだろう」と言っているわけではありません。ゴキブリには、自分の「美しさ」も説明出来ないし、自分のフォルムの「合理性」も説明出来ない——ただ、ゴキブリとして生きているだけです。その「説明をしてくれないもの」を目の前にして、「フォルムの合理性」を発見して、それに「美しい」という評価を与えるのは、ゴキブリを見るこちらの思いやりです。いや、「思いやり」ではないかもしれません。なにしろ人間は、「言われてみれば、ゴキブリはゴキブリなりに〝美しい〟かもしれない」と思いながら、その次の瞬間にはゴキブリを叩きつぶしているのですから。

ゴキブリに「美」を発見するのは、「思いやり」なんかではなくて、「敵ながら天晴れ」に近いものでしょう。それはなんなのかと言えば、もちろん「他者に対する敬意」というものですが。

もって回ったことを言ってもしょうがないのではっきり言ってしまいますが、理性的で合理的で意志的で主体的であることが好きで、それゆえに「美しい」が分からない人というのは、「自分の都合だけ分かって、相手の都合が理解出来ない」という、いたって哀しい人なのです。

†「美しい」はなんの役に立つのか

「美しい」は、直接的にはなんの役にも立たない発見です。役に立たないものだから、「美しい」なんてことは分からなくてもいいということにもなります。だから、「美しい」が分かる人は、「美しいが分からないなんていう悲しいことがあってもいいもんだろうか」と思いますが、分からない人は分からない人で、「それがどうした？　分からないものは分からない」で終わりです。それで片がついてしまうのは、「美しい」が、直接的にはなんの役にも立たない発見だからです。

直接的にはそうですが、しかし、「美しい」には重大な役割があります。それは、「自分とは直接に関わりのない他者」を発見することです。

直接的には関係がない——しかし、それは存在する。「関係がない」という保留ぐるみ、「存在する他者」を容認し、肯定してしまう言葉——それが「美しい」なのです。もちろん、この「他者」には、「ゴキブリ」とか「小石」といったものまで含まれます。「それがどうした?」と言いたい人もいるかもしれませんが、「美しい」がそうした言葉である以上、これを捨ててしまうと、一切の存在が無意味になります。存在していても「存在していない」と同じになって、この世に存在するのは、「自分の都合だけを理解する自分一人」になってしまいます。「美しい」はその程度のもので、直接的には「なんの役にも立たないもの」なのです。

第二章　なにが「美しい」か

†なぜ私の話は分かりにくいか

第一章の私の話は、いささか分かりにくいかもしれません。その理由の第一は、話の中心にある「美しい」が、いたって抽象的で分かりにくいことだからです。もちろん、理由はそれだけではありません。まだ他にもあります。私の話の分かりにくい最大の理由は、「自分なりに理解しているはずの〝美しい〟に対して、自分とは違う〝他人の基準〟を押しつけられているから」です。

「美しいが分かる」派の人は、自分なりに「〝美しい〟とはこういうことだろう」と思っています。「美しいが分からない」派の人だって、同じように「〝美しい〟とはこういうことだ」と、自分なりの把握をしています。両者が共にそれぞれの理解なり把握をしていて、しかし、この二つの理解と把握の間には、いささかならぬずれがあります。つまり、一方にとって、他方の理解や把握は不要なのです。にもかかわらず、著者である私は、この二つを混在させています。だから、分かりが悪くなるのです。つまり、「余分なことが読者の理解を妨げる」です。そしてしかも、この私は、それをあえてやっているのです。その理由は、第一章の終わりに書きました。つまり、「〝美しい〟とは、他者のありようを理解することだ」です。

「美とは主観によるものだ」と、多くの人が信じています。ところがこの私は、その「主観」の前にゴキブリを出してしまいます。「人の主観は、ゴキブリを〝排除すべきもの〟と規定しているが、その規定だけに従っていたら、ゴキブリ自身の持つ機能美は分からない。ゴキブリの機能美を理解するためには、〝排除すべきもの〟という人の主観を一時的に棚上げにしろ」と言っています。「ゴキブリはゴキブリなりに生きていて、ゴキブリ自身は理解していないだろうが、ゴキブリにはゴキブリなりの機能美が備わっているのだから、それを発見してやれ――それが〝美しい〟だ」と言っています。つまり、「ゴキブリという他人の基準を理解せよ」です。もっと平たく言えば、「他者を〝他者である〟という理由だけで差別するな」です。

だからなんなのか？　私の言っていることが分かりにくいのは、私のせいではないということです。以上のような話が、「自分の主観」を前提にして生きて行く「人間」というものには、すんなりと呑み込みにくいのだ、ということです。

私の考えはそういうものです。一つの立場があれば、それとは違う基準による「別の立場」もある。だからこそ私は、二つの異質なものを、平然と一つにしてしまいます。「二つの異質」とは、「人間とゴキブリ」であり、「ある人間の主観と、それとは異なる基準に立つ人間の立場」であり、その他もろもろです。そういう「異質な二つ」を平然と一つにして、この私は平然と話を進めてしまう。だから読者は、時として狐につままれたような気がするし、気がつかずに乗せられた飛躍の多さにとまどったりもするのですが、その元凶となる「一つになった二つの異質」の典型は、やはり、「美しい＝合理的」の断定でしょう。

「美しいものは合理的な出来上がり方をしている」――こんなことをいきなり言われたら、多くの人は「唐突だ」と思うでしょう。そしてその内、「言われてみれば、なんとなくそんな気もするか……」と思うようになるかもしれません。でも、それで「美しい＝合理的」が分かったのかというと、そうでもありません。「合理的な出来上がり方をしているものは美しい、美しいものは合理的な出来上がり方をしている」などと改めて考えてみると、やっぱりよくわからない。頭のどこかに靄《もや》がかかっているような気がします。それがなぜかと言えば、「美しい＝合理的」が、実感としてピンとこないからですね。

「美しい」と「合理的」はやっぱり異質で、この二つの間には距離がある――だからピンとこない。でも意外なことに、我々はこの「二つの異質」を一つにしてしまった言葉を、日常の中で当たり前に使っています。つまり我々は、「美しい＝合理的」の関係を自然に呑み込んでいるのです。

では、その言葉とはなんなのか？ ――それは「カッコいい」です。

†「カッコいい」の意味するところ

「カッコいい」は、「恰好＝外見がいい」です。「いい」という、合理性に基づいた判断を下しています。しかし、「カッコいい」が理性から出た言葉とは、誰も思わないでしょう。「カッコいい」と言われて、それが「合理的であることを説明している」とも、誰も思わないでしょう。それを言うなら、「カッコいい」は、「説明することを拒絶した、感嘆詞に近い言葉」でしょう。あるいは、「軽薄な感動をあらわす言葉」かもしれません。

「感動をあらわす形容詞」という点において、「カッコいい」は「美しい」と同じ一族の言葉です。「カッコいい」を昔の言葉で言えば、「麗しい――うるはし」です。「外見が整っていて美しい」という状態を「うるはし」と言うのだと、辞書には書いてあります。だから私は、『桃尻語訳枕草子』で「うるはし」を「カッコいい」と訳しました。

だからなんなのか？　「合理的＝美しい」という発想は、古くから日本人の中に当たり前に根を下ろしているということですね。「その美しさが合理的な成り立ち方をしている」と直感した時、昔の日本人は「うるはし」と言った。今の日本人は「カッコいい」と言う。「うるはし＝カッコいい」を受け入れにくく思う人は、なにか別の表現を使う――そしてその時、「合理的な出来上がり方をしているものは美しい」という発見は消えてしまう。

「合理的な出来上がり方をしているからこそ美しい」は、「外見がいい」で、「カッコいい」で、それをこそが「うるはし」なのだけれども、これを理解しない人は「うるはし＝麗し」を別の意味に解釈してしまう――たとえば「上品な美しさ」というように。

「うるはし」に「上品な美しさ」という意味は、直接的にはありません。「外見が整っていて美しいもの」を見て「うるはし」と言う人達の身分が高かったから、「これは身分の高い人が理解するような美しさだ」という錯覚が広がっただけです。だからこそ、「千年前の王朝貴族の使う〝うるはし〟が、俗な〝カッコいい〟と同じであるはずはない」と思うのです。そう思って、「合理的な出来上がり方をしているものを見た途端〝美しい〟と感じる」という能力を欠落させてしまうのです。人は、なんとたやすく「美しい」を曲解してしまうことでしょう。

†いとも複雑な「カッコいい」

というわけで、「合理的な出来上がり方をしているものは美しい」と実感した時、日本人は「うるはし」とか「カッコいい」という感動の言葉を発します。言える人なら、瞬間的に「カッコいい！」と言います。つまり、「美しい＝合理的」を実感することはちっともむずかしくないし、「美しい＝合理的」という二つの異質は、いとも自然に一つになっているということです。

だからなんなのか？　もちろん、私の話がここで終わるわけはありません。

「カッコいい」は、「美しい＝合理的」を体現してしまっている言葉です。そう言われればとても重要な言葉のように思えます。ところが現実は、「カッコいい」にそれほど重要な意味を発見しません。高い位置も与えません。ただの俗語だと思われている「カッコいい」は、もしかしたら国語辞典の中で「形容詞」としての役割さえも与えられてはいません。そういう現実があるので、私が「〝カッコいい〟とは、〝美しい＝合理的〟を直感してしまう日本人が作り出した素晴らしい言葉だ」と言っても、「ほんとかいな？」という怪訝《けげん》な顔をされてしまうことになります。つまりは、「カッコいい」がどれほど複雑な内実を持っている言葉かということが、よく理解されていないのです。

たとえば、ある「物」があります。それは、「カッコいい」と言われるような「物」です。ある人間がそれを「カッコいい」と言います。言われた人間が「どうカッコいいのか」を知りたがります。そうなって普通、具体的な説明は返って来ません。「カッコいいはカッコいいんだから、見れば分かるよ」と言われるのがオチです。「カッコいい」はそのような使われ方をする言葉で、だからこそ「程度が低くて稚拙な俗語」のように思われてしまいます。ところがしかし、こういう場合はどうでしょう？

ある人が、「カッコいい」と言われるような出で立ちをしています。そこに与えられる「カッコいい」は、単純な「一つの物に対する意味不明な賛美」ではありません。髪型から始まって靴にいたるまでの複数の「物」と、その人の容貌や体型や、更には「持ち味」という雰囲気までもが一つになって、「なるほどマッチしている」という「合理的＝美しい」状態を作り出していることに対する判断と賛美です。だからこそ「カッコいい」のです。

この場合の「カッコいい」は、「各部から成り立つ総体が、それを見る者の目に〝美しい＝合理的〟を成り立たせていると実感される」です。そのように、「カッコいい」は「総体のバランス＝調和美」というかなり複雑な事態に対応します。そして、だからこそこういう事態も起こります——。

ある人が「カッコいい！」という絶賛を浴びたその総体をそっくり真似た人が、「カッコいい」とは言われない事態です。

ある人には似合って「カッコいい！」と言わせたスタイルが、別の人にはまったく似合わなくて、「カッコ悪い」とか「似合わない」と言われる——それも当然だというのは、「カッコいい」が「合理的な出来上がり方」を問題にするものだからです。ある人には、その様式がバランスよく合っている——だから「カッコいい」。しかし同じ様式が、別の人においては、調和よくマッチしない——どこかに違和感を生じさせる。だからこそ「カッコよくはない」。「カッコいい」は、それだけ高度な判断を要求するのです。

「カッコいい」は、「仕草」とか「口のきき方」という、瞬間的な動きにまで及びます。だからこそ、「木村拓哉のあの時のあの動きがカッコよかったから——。あの時のあの口のきき方がカッコよかったから——」という理由で、巷には木村拓哉のエピゴーネンが氾濫します。その昔、ヤクザ映画が全盛だった時代には、「映画館を出て来る観客がみんな肩を怒らしていた」という話もあります。主人公の「カッコよさ」を観客が拾い上げて、その「合理的＝美しい」が実感されるフォームを上映時間内にマスターしてしまった結果ですね。「スポーツ選手の美しいフォームがいかに合理的であるのかを判断するのはむずかしい」とは、大違いです。「カッコいい」という実感がありさえすれば、「美しい＝合理的」という複雑な事態さえも、瞬時に理解されてしまう――それを実現させてしまうだけの奥深さを、「カッコいい」という言葉は持っているのです。

†「カッコいい」という言葉は、なぜ「低俗」と思われるのか

ところが、それだけの奥深さを持つ「カッコいい」は、それにふさわしい処遇を受けていません。かえって逆に、「そんなことを言うお前の頭はどうなっているんだ?」と言われかねません。現に、私の手許にある国語辞典には、「カッコいい」という言葉が独立した項目として存在していないのです。この扱いの悪さはどうしたことでしょう?

「〝カッコいい〟が俗語だから」という考え方を、私は採用しません。それは「出自による差別」です。いつまでもそんなことをしていたってしょうがありません。私は、「カッコいい」がいつまでたっても「俗語」扱いされている理由を、別のところから考えます。

「カッコいい」がまともなものとして扱われないのは、この言葉が「利己的であることをいとも

率直に表明してしまった言葉」だからなのだと思います。

「カッコいい」は、利己的な言葉です。「〝いい女〟〝いい男〟の〝いい〟は、それを思う人間の欲望に合致すればこその〝いい〟であり、〝合理的〟だ」ということを思い出して下さい。「カッコいい」も同じです。「カッコいい」は、「それを口にする人間にとってだけ〝美しい＝合理的〟が成り立つ」という、限定を持つ言葉なのです。だからこそ、ある人間が「アレはカッコいい」と言って、それを聞いた別の人間が「どこが？」と首をかしげるという、ばらつきも生まれるのです。

「カッコいい」は、それを発する当人の欲望から生まれます。人の欲望体系は人によって違い、ばらばらなのですから、「なにを必要とするか」も、人によって違います。だから、ある人は熱烈に「カッコいい！」と言い、その同じ対象を、別の人が「そうかな」と否定することは、いたって当たり前に起こります。なにしろ、「カッコいい！」と言われた当人が「そうかな？」と首をかしげている例だってあるのですから。

「カッコいい！」は、「私はあなたを愛してる！」と同じニュアンスを持って、だからこそ、「そう言われてもこっちにその気はない」ということだって起こります。「私は特別に〝カッコいい〟を演じているつもりはない。それをあなたが〝カッコいい！〟と言うのは、あなたの思い込みであろう」という拒絶です。
「カッコいい」はそのように「利己的な感動」なのですから、ただおとなしく「美的な判断を下している」に留まりません。「カッコいい」を実感してしまった人間は、恐ろしいことに、その対象を「自分のもの」として取り込みたくなるのです。

だから、「カッコいい物」を見ると、「あれがほしい！」と思って買いに走ります。「カッコいい」とされてしまった男は、若い女や若くない女達に取り囲まれてしまいます。「ご利益のある仏様」と同じように、やたらと体のあちこちをさわられまくったり、バチバチとやたらに写真を撮られたりします。その相手を「カッコいい」と思うと、どうしてもその相手を所有したくなってしまうのです。所有のパターンもいろいろですから、「あれはカッコいい！」と思ってしまった男女は、それが自分に似合うか似合わないかを検討する以前に、さっさと真似をして、「自分のスタイル」に取り入れてしまったりもします。そうやって、「流行」という産業を成り立たせてもいるのです。

「カッコいい」は、このように利己的な一面を持ちます。「利己的」を野放しにしたてんでんばらばらな美意識は「美意識」に価しない——「カッコいい」があまりまともなものと思われないのはこのためではないのかと私は思うのですが、しかし、それは果して「カッコいい」だけに起こるものなのでしょうか？

†「美しいもの」が好きなだけで悪趣味な人

「カッコいい」は、それを実感して口にする、人の欲望に直結した「利己的な感動」です。欲望に直結しているからこそ「利己的」なのですが、利己的なのは「カッコいい」だけでしょうか？「利己的な感動」の代わりに「恣意的な判断」という言葉を使うと、利己的から離れて高級なはずの「美しい」だって、かなりあやしくなります。

「豪華」と言ってもいい家に住んで、家の中をやたらの数の「美しいかもしれない物」で飾り立てて、その結果、家の中をゴチャゴチャにしてしまっている人は、いくらでもいます。一つ一つは「美しいかもしれない物」なのかもしれないけれど、その総体としてはただ「けばけばしいだけの混乱」になってしまっている出で立ちで町を歩く人も、いくらでもいます。

一つ一つのものは「美しい」であるかもしれないのに、総体としては「美しい」にならない――つまり、バランスを崩しているのですね。こういう人達に審美眼があるとは言えません。「カッコいい」は総体のバランスを問題にするのですから、この人達は、実のところ「カッコ悪い人」です。

ところがこの人達は、「カッコ悪い」という言葉を受けつけません。自分が信奉するのは「美しい」という上位概念で、「カッコいい」とか「悪い」というのは、その下位概念でしかないと思っているからです。「なぜ自分は、そんな程度の低い判断基準でチェックされなければならないのか」と思っていれば、へいちゃらです。こういう人達は、「美しいものが多ければ多いほど、総体としての価値は高くなる」と考えます。「総体としてのバランス」は、だから、どうでもいいのです。

「自分は、欲望などという利己的なものに判断基準を置いていない。だから、自分は間違っていない」ということになります。ということはすなわち、この人達の判断基準は「自分の外側」にあるということです。「自分は、自分の外側にある〝美しい〟という判断基準に従って、利己的な自分の欲望には従っていない——だから自分は間違っていない」です。それはまァそれでいいのですが、しかしここには問題が一つ生まれます。それは、そう言う人達が、「自分の外側にある判断基準を正しく適用出来ているかどうか」です。それは「自分の外側」にあるのですから、適用が正しくなければ「間違い」になります。だから私は、「一つ一つは美しいかもしれない物」などと、意地の悪いことを言うのです。

自分の外側に「美しい」という判断基準はあるのかもしれないけれど、その当人が「外側の判断基準」を、常に正しく適用出来ているかどうかは分かりません。その適用に恣意的な判断が入ったら、当人の信じる「美しいもの」は、たやすく「美しいかもしれないもの」に成り変わります。つまり、「当人が〝美しい〟と思い誤っているだけのもの」かもしれないのです。その状態は、「あれカッコいいからほしい！」だけでやたらの物を集める、利己的な収集欲と変わるものではありません。

この人達の誤りのもとは、どこにあるのでしょう？　それは、「美しい」という判断基準を、「自分の外側にある」としてしまっているところです。自分の内側にその判断基準はなくて、常に「外側にある判断基準の適用」ばかりを考えています。だから、そこには判断ミスも起こりうるし、更には「恣意的な判断が罷り通る」という事態にもなります。それはつまり、「法の遵守を本分としていながらも、官僚による不正はやたらと起こる」と同じです。

モラルのない役人に「法の適用」を任せていたら、そこにはいくらでも不正は起こります。「私は法の適用のプロだ」と言う人間を野放しにしていたら、「私の恣意的判断こそが正しい法の適用だ」という錯覚が生まれてしまいます。あきれたことに、日本という国では、「役人の性《さが》は善である」ということになっているらしくて、そんなとんでもない前提があるからこそ、役人の「不祥事」は後を絶ちません。

「内なるモラル」というのは直感で、「法」というのは、「そのケースを列挙するもの」です。すべてのケースが法で定められているものではないのですから、「規定にないケースを判断する」は必ず起こります。それを判断するのは「内なるモラル」です。「内なるモラル」がなかったら、そのケースは見過ごされて「ないもの」にされるか、法を適用する者の恣意的な判断に任されます。「内なるモラル」のないものの恣意的判断がどんなものになるのかは、少しでも考えれば分かることでしょう。

まァ、「役人の不正」というのはこの本の管轄するところではないのでさておきます。問題は、「なぜある種の人達は、〝美しい〟という判断基準を自分の外側に置きっ放しなのか？」ということです。

†「カッコいい」という主観、「美しい」という制度

「美しい」と感じるのは主観です。その主観があてになるかどうかは別として、まず「美しい」と感じるのは主観です。その主観があるにもかかわらず、どうして「美しい」に関する判断基準は、「自分の外側」なんてところに存在してしまうのでしょうか？　この謎を解いてみましょう。

まず、美術品とか宝飾品という「価値の高い物」を頭に思い浮かべて下さい。この値段は、誰が決めるのでしょう？　あなたではありません。あなたの外側で、その値段は決められます。

あなたがその「買い手」であるとして、あなたにその値段は決められません。「売り手」が決めます。あなたが「売り手」であるとしても、その値段はあなたが決められません。買い手が「うん」と言わなければ、その価格設定は成り立ちません。あなたが売り手であろうと買い手であろうと、その値段は、相手が「うん」と言わない限り、値段として成り立ちません。つまり、

値打ちとは「自分の外側」で決まるものなのです。

「"美しい"を論じるのに値段を持ち出すとは何事」と仰言る人もおありかもしれませんが、美術品や宝飾品が「高価なもの」であることは事実です。「ただのもの」「なんのへんてつもないもの」と思われていたものに高い値段がついてしまったら、それはその瞬間から「美術品」にもなってしまいます。「美しいものが好きだけど悪趣味な人」というのは、「審美眼がない」以前に、「美しいもの＝価値の高いもの」という錯覚をしていることが多いのです。

「美しいから価値が高い」は、たやすく「価値が高いから美しい」という錯覚を生みます。「美しいものが好き」と言って悪趣味なだけの人の多くは、ただ単に「価値の高いもの」「"価値が高い"と言われるもの」が好きなだけなのです。だからこそ、「本物とは似ても似つかない贋物」を大切に崇めてしまうのです。それくらい、美術品や宝飾品は価値が高いのですが、では、その「価値の高さ」はどこから生まれるのでしょう？　それは、「美術品や宝飾品はなぜ値段が高いのか？」を考えれば分かります。

なぜ値段が高いのか？　誰かがその値段を高くしたのか？　違います。美術品や宝飾品は、そもそも値段が高いのです。だから値段が下げられないのです。

では、そもそものの値段が高いのはなぜでしょう？　その製作原価が高いからです。普通はそんな風に考えませんが、よく考えればそうです。

それでは、なぜ美術品や宝飾品の製作原価は高いのでしょう？　金や銀や宝石という、値段の高いものがふんだんに使われているからだけではありません。ここには、「完成までの期間レオナルド・ダ・ヴィンチを丸抱えにする」というような、質的にとんでもない経費も含まれているからです。そしてもちろん、レオナルド・ダ・ヴィンチのギャラがとんでもなく高いのは、彼が一流の芸術家だからではありません。そもそも、「美術品は高価であってもいい」という前提があればこそ、その製作に関わる芸術家のギャランティは高くなる――つまり、美術品とはそもそもの製作原価が高いものなのです。

それでは、なぜ「美術品は高価であってもいい」などという前提が生まれたのでしょうか？　それは、美術品や宝飾品のそもそもが、「値段は高くてもかまわない。自分の勢威を誇示するためなら、高ければ高いほどいい」と言う、王侯貴族のために作られたものだからです。

美術史の本をちょっとでも紐とけば分かります。古い時代の美術品は、みんな王侯貴族のような特別の人のために作られたものなのです。普通の人間の生活のためのものなら、美術館には行かず、歴史のあり方を展示する博物館に行きます。「普通のもの」をグレード・アップさせて「美術品」とするためには、普通ならざる財力を必要とします。それあってこその「美術品」なのです。

たとえば、特別に高価な材料を使っているとは思えない「素焼の人形」である埴輪《はにわ》です。埴輪一つを作るのにたいした経費がかかるとも思えませんが、埴輪は、古代の権力者の副葬品です。これを作ることは、巨大な古墳を作ることとセットになっています。巨大な古墳を作る財力がなかったら、素焼の埴輪一つでさえ作れないのです。

美術品や宝飾品は、そもそも普通の生活には必要のないものです。それを「必要だ」と言えるのは、特別な力を持った者だけで、だからこそ、美術品や宝飾品は「王侯貴族のもの」としてスタートします。それを基準にして、その時代その時代の特別な力を持った裕福な人間達のために、美術品というのは作られるのです。「美しいのは特別なものではない。生活の中から生み出されたものは、それ自体が固有な美しさを持っている」という思想が生まれるのは、二十世紀になってからのことなのです。つまり、「美しいもの＝美術品」を追い求めるのは、前の時代に権力を持っていた人間達の「特別」を追い求めるのとおんなじだということです。その前提があるから、「美しいもの＝美術品」は価値が高いのです——そういう側面だってあるのです。

つまり、「美しいものを追い求める」には、「失われた過去の時代の特権を求める」という側面もあるのだということです。その点で、「美しい」は制度です。「なにが美しいかは決まっている」とか、「美しいものは価値が高いに決まっている」というのには、「王様や貴族は、王様や貴族だからえらいに決まっている」というのと同じ側面だってあるのです。

「美しい」には、そういう危険な側面もあります。だから『ひらがな日本美術史』という本の著者でもある私は、美術品を見る時、「美しい」という基準を一時的に棚上げにします。その代わりに、「カッコいいかどうか」という、主観によって判断します。

それが「カッコいい」と思えれば、それは「美しい」のです。「そのカッコよさの秘密はどこにあるのか？」と考えることは、「美しい＝合理的」のありようを探すことで、私はその直感によって、「その美術品の美しさ、その時代の美意識のありよう」を考えるようにしています。

†「カッコいい」の歴史的意義

「カッコいい」というのは、一九五〇年代の初めにデビューした太陽族の元祖――石原裕次郎の口癖から広まったものだと言われています。言ってみれば、それは「不良の言葉」です。そういう出自だから「低俗な言葉」とも思われていますが、歴史的に見れば、これは、第二次世界大戦によって既成の秩序が崩壊してしまった後に出現した言葉です。「美しい」を成り立たせる制度が崩壊してしまった後に、この言葉は出現した。そして時代は、王侯貴族を再出現させる方向へ進ま゛な゛か゛っ゛た。それは「過去」となってしまった制度で、かつてのような「美しい」は、もう制度的に成り立たない。つまり、「美しい＝合理的」を直感しうる人間の主観から、再構成するしかないのです。

既成の制度的基準からではなく、「美しい＝合理的」を直感しうる主観から――それはまた同時に、「モラルなき役人の恣意的判断からの脱出」という事態とも重なるものなのですが、人類の歴史の長さからすれば、それからまだ「五十年」ほどの時間は、あまりにも短かすぎるということなのでしょう。「カッコいい」の位置付けの低さは、「人間の主観による判断を是とする歴史の浅さ」に由来するのではないかと、私は思っているのです。

†利己的でも制度的でもない「美しい」とはなにか?

私は別に、「〝カッコいい〟という言葉がありさえすれば〝美しい〟という言葉は不要になる」と言っているわけではありません。「カッコいい」でカヴァーしきれない「美しい」は、いくらでもあります。なにしろ「カッコいい」は、自分の欲望と直結している「利己的な感動」でしかないからです。「これは〝カッコいい〟とは違う——でも、なんだか重要な意味がありそうだ」と思わせるようなものは、この世の中にいくらでもあります。「自分にとっての〝いい女〟や〝いい男〟ばかりを求めていると、〝美しい女〟や〝美しい男〟が見えなくなる」というのとおんなじです。

「カッコいい」は利己的な感動なので、対象と自分とのつながりが見えない限り、作動することが出来ません。「これにはなんか重要な意味がありそうだが、自分には〝カッコいい〟とは思えない」という時には、「その対象と自分との関係」が見えないのです。自分とどう関係があるのかが分からなかったら、「カッコいい」も「悪い」もないでしょう。そしてまた、「カッコいいのかもしれないけど、このどこがカッコいいのかはよく分からない」ということだって起こります。「自分の必要」は「自分の能力の限界」でもあって、そのキャパシティを超えてしまったら、これまた「よく分からない」になるでしょう。

　人間は利己的な生き物で、よっぽど特別な人でもない限り、普段は利己的に生きています。ところがしかし、世の中というのは、そうそう一人の人間の都合に合わせて出来上がっているのではないので、一人の人間の利己的な感動が、そうそうすべてをカヴァー出来るモノサシにはなれないということです。「これはカッコいいのかもしれないけど、どこがカッコいいのか分からない」と思ったら、まず自分の利己的なモノサシを引っ込める必要があります。他人には他人の立場があって、その他人の立場は、自分ならぬ「相手のモノサシ」でしか測れないからです。

「他人は他人の都合で生きていて、こちらの都合では生きていない」ということが明らかになってしまったら、そこにはもう「カッコいい」という利己的な叫びは登場しえません。他人の耳に届かないように、独りで寂しく「カッコいい……」とつぶやくしかないでしょう。そして、「自分とは関係ない他人は、すべて不要な他人なのか？」と言ったら、決してそんなことはないでしょう。「自分とはなんの関係もないけど美しい」という事態に対して、「カッコいい」という利己的な声は意味を持ちません。だからこそ、利己的な欲望を離れた、「美しい」というつぶやきはあるのです。

†あなたは、自分の「一本グソ」を見て「カッコいい!」と思いますか?

「美しい」を論ずる本であるくせに、この本の著者は、時々「とてもじゃないが美しいとは言えそうもないもの」を平気で出して来ます。今度もそれです。

時として人は、「一本グソ」と言われるものを体から出してしまいます。その時はおそらく、内臓の調子がどはずれていいのでしょう。太くて色艶がよくて重量感のあるものがただ一本、便器の上に出現してしまいます。

生まれて初めてそんなものを見た時、私はびっくりしてしまいました。「自分の体がどうにかなったのか?」とさえ思いました。なにしろ出すのが大変で、しかも和式の便器だったもので、簡単に流れてはくれません。かなりの重量と長さのあるものが、縦に一文字であります。流そうとする水への抵抗力を最小にするような形だから、なかなか流れないのです。突然そんな事態に襲われた私は、当然のことながら、それを「美しい」などとは思いませんでしたが、世間には見事な「一本グソ」が出ると、「おーい、来てごらんよ!」と家族を呼んだりする人もいるのだということを、後になって知りました。おそらくそういう人は、庭の木に孔雀が止まっていたとしても、「おーい、来てごらんよ!」と叫ぶのだろうと思われます。

「見事な一本グソ」というのは、おそらく以上に、「内臓の調子がとてもいい」ということをあらわすものです。それだけの量を排泄することになる立派な食欲があって、それを「簡にして要を得た」と言いたいような形で体外に送り出せるほど、消化器系統が見事なまでに機能している——つまり、「見事な一本グソ」とは、「美しい」に近いまで、消化器の本来が合理的に機能している徴《しる》しなのです。だから、その立派な「縦一文字」は「美しい」のかもしれません。自己愛の強い人なら「美しい」と断言してしまうかもしれませんが、私は「さっさと流す」という方向に傾きます。でももしかしたら、その「健康」を最もシンプルな形で表現してしまったものは、「美しい」のかもしれません。「美しい」に近いからこそ、「おーい、来てごらんよ！」と大声を出す人もいるのでしょう。

その人にとって、「内臓が見事に機能している」というのは、喜ばしいことなのでしょう。だからと言って、その人がその状態に「美しい」という言葉を与えるかどうかは分かりません。もしかしたらその人は、「美しい」という言葉を持ち合わせていないのかもしれません。ただ「ここには評価すべきなにものかがある」ということを知って、そこに「評語」を与えてくれる人を求めているのかもしれないのです。だから、庭の木に孔雀が止まっているのを見ても、「おーい、来てごらんよ！」と呼ぶのではないかと思うのです。

そこには、なにか「すごいもの」がある——その実感を分け合いたいからこそ、人を呼ぶのでしょう。

「一本グソ」を出して共感を求める人は、もしかしたら、「自分の内臓は今とてもカッコいい」と思っているのかもしれません。そんなにも本来に合致した機能を果して、水の抵抗を少なくするような「合理的な形」を生み出してしまっているのだから、その人の内臓機能は「カッコいい」の域に達していると言ってもいいでしょう。でも、内臓の様子は直接的に見ることが出来ません。「一本グソ」というものを通して、間接的に知ることが出来るだけです。だから、「カッコいい！」と断言することは出来にくくて、そのために、「あなたの内臓はとてもカッコいいのね、そんな内臓を持っているあなたはとてもカッコいいのね」と言ってくれそうな人を求めているのかもしれません。求めるのは勝手ですが、おそらく他人は、そんな風には反応してくれないとは思いますが。

だからなんなのか？

私の言いたいことは、「我が身と深い関わりがあっても、我が身とは一線を画したものもある」ということで、「それが〝合理的〟をあらわすこと歴然であって、もしかしたら〝美しい〟に近いものであっても、〝美しい〟とは言いにくいものもある」ということです。

「一本グソ」は、擬人法的には「他者」だけれども、そのちょっと前までは「他者ではなかったもの」です。「美しい」とは言いにくい質のものではあるけれど、その嘉《よ》みすべき合理性は「美しい」に近いものかもしれない。

だからなんなのか？　世界には、自分個人の浅薄な判断を超越したものがいろいろある、ということです。

†夕焼けはなぜ「美しい」か？

話があまりにも「あんまりな方向」に傾いたので、今度は、歴然と「美しいもの」です。

夕焼けを「美しくない」と思う人は、まずいないでしょう。私も夕焼けを「美しい」と思います。それでは、夕焼けはなぜ「美しい」のでしょう。そして、夕焼けのどこが「合理的」なのでしょう？「合理的な出来上がり方をしているものは美しい」のであれば、夕焼けだってもちろん「合理的」であるはずですが、一体夕焼けのどこが「合理的」なのでしょうか？

太陽が西に傾いて、昼間真上にある時よりも、その光が地球を取り巻く大気の中を通過する時間が長くなると、波長の短い青の光は途中で拡散して、波長の長い赤の光だけが地面に届くようになる——それで、西の空は赤くなって「夕焼け」になる。つまり、空気の中を光が斜めに通過すればその光の赤が強調され、真っ直ぐに通過すれば、赤が強調されずに青くなるということですね。だから、昇る太陽が東の方から斜めに差せば「朝焼け」になる。真上から照っている時の昼の空は青いということですね。

おそらくこれが、「夕焼けが起きることの科学的説明」です。「科学的＝合理的」と解釈すれば、これが「夕焼けが起きることの合理的説明」ということにもなりましょうが、私は、こんなところに「合理的」を登場させてもしょうがなかろうとは思います。

夕焼けは、「光の波長」というものと関係しているらしい。だから、空の最大の光源である太陽が、地面に対して斜めになっている時、空は赤く見える――これは「夕焼けという現象が起こる理由」ではあっても、「夕焼けがなぜ美しいか」という理由ではありません。「夕焼けがなぜ美しいか」はまた別の話で、これを考えるためには、「人はなぜ空が赤くなると〝美しい〟と感じるのか？」という考え方をしなければなりません。

「空が赤い＝美しい」を成り立たせる要素は、二つあると思います。一つは、人が「赤」という色を特別に美しいと思うから。もう一つは、人が「光」というものを特別に美しいと思うからです。

「赤」という色は、人にとって特別強烈な働きかけをする色のようです。「美しい＝派手＝赤」という短絡した選択をしてしまう人はいくらでもいます。人が「赤」という色に特別な価値を置くのは、それが人間の血の色で、まだ胎児として母親のお腹の中にいる時、ずっとその色を見続けているからだ――と言う人がいました。だとすると、その子宮を取り囲む赤い世界の中から外に出て、誕生した瞬間に見るのが光で、「赤＋光」は、人間にとっての根源的な記憶だということにもなりましょう。ということになると、人が夕焼けを見て「美しい」と思うのは、「誕生の時の根源的な記憶に触れるから」になります。「なるほど、それで夕焼けは美しいのか」と、納得なさりたい方は納得なさればいいと思います。私はそんな説に納得なんかしません。かえって逆に、「そんな説で〝夕焼けの美しさ〟を納得してしまう人間は、夕焼けを見ても〝美しい〟とは思わない人間だ」としか思いません。

「夕焼けを見て〝美しい〟と思うのは、誕生の時の根源的な記憶に触れているからだ」と言われてうなずける人は、夕焼けに「大いなる神秘」を見ているのです。だから、その神秘の起こる仕組――「太陽が斜めになると波長の長い光云々」にうなずいて、「赤い」と「光」が「人にとって特別である理由」にもうなずけるのです。しかし、今私が展開した「夕焼けが美しい理由」は、実のところ、「夕焼けという神秘に心を動かされる理由」でしかないのです。

私自身は、赤い光の波長が長かろうと短かかろうと、どうでもいいと思っています。「どこを見ても真っ赤っ赤の中にいる胎児とは、さぞや落ち着かぬものであろう」と思っています。自分が夕焼けを見るたびに、覚えがあるのかどうかさえも定かではない、「胎内の記憶」や「誕生の時の記憶」を反芻しているとは、到底思えません。私にとって「夕焼け」とは、「壮大なる光のスペクタクル」でした。

気がつくと、そこには夕焼けがある。立ち止まった私の思考は停止して、次々と移り変わって行く壮大な光のスペクタクルショーを、半ば口を開けたまんま見ていました——それが、私が子供の頃に見た夕焼けです。

それは、初めから「美しいもの」でした。「美しいもの」を見て、「美しいもの」の中に没入している子供の私は、「夕焼けはなぜ美しいか?」なんてことを考えませんでした。そんな余分なことを考える理性はなく、ただその美しさの中に没入していました。余分なことを考えたら損をすると思うほど、夕焼けの空は美しかったのです。

そして私は、「夕焼けというのはどうして起こるんだろう?」とちょっとだけ考えて、考えるのをやめました。考えるのをやめたのは、「夕焼けの起こる仕組」が分かったとしても、自分の力で、広大なる空の上に夕焼けを再現することなんか出来るはずがないと思ったからです。そんな私が「夕焼けはどうして起こるんだろう?」と考えたのは、もちろん、「それが分かれば、〝夕焼けを見る、夕焼けの中にいる〟という素晴らしい体験をまた味わうことが出来るはずだ」と思ったからです。「〝合理的〟という思考法はその程度に利己的だ」としか私には思えないのですが、私は昔からいとも率直に利己的なので、そのような考え方をします。そして、そうも利己的な私はまた、いとも簡単に自分の限界を認めてしまうので、「どうして夕焼けは起こるのか?」ではない、別の考え方をしました。それは、「どうして夕焼けは終わるのか?」です。

「この素晴らしい時間、夕焼けというとんでもなく美しいものと一緒にいる時間は、どうして〝終わり〟というところへ行ってしまうのか?」と、紺と紫の空の中に最後の赤と金の光が紛れ込んで行くのを見て考えていました。「夜になるから」は分かっていても、自分の幸福な時間が「終わる」という方向へ行き着いてしまうことが、割り切れなかったのです。

その「寂寥《せきりょう》」と言っていい割り切れない疑問を解決してしまう方法は、一つだけありました。私は別に哲学者になる気などなくて、ただ「幸福に生きていたい」と思っていただけなので、さっさと思考のチャンネルを換えてしまいます。

「なぜ夕焼けは終わるのか?」というせつない疑問を解消してしまう方法——それは、「いいや、明日もまた夕焼けだ」と思うことです。

「今日の夕焼け」は終わっても、「夕焼け」は明日またやって来る。明日現れなかったら、明後日にはまたやって来る。夕焼けがやって来なくなることはない。その「幸福」は約束されているのだから、別に心配をする必要はない。一緒に遊んでいる友達に、「またね! さよなら!」と言えば、明日はまたやって来て、夕焼けもまたやって来る。夕焼けを見て「美しい」と思っていた私は、そのようにしか考えませんでした。それを「いたって利己的」と言ってもいいし、「幸福を追い求めることに関して貪婪《どんらん》だった」と言ってもいい——「利己的というのは、所詮その程度のものであってしかるべき」としか私は思わないのですが、子供の時の私は、もちろんそんなめんどくさいことを考えません。ただ、「そういうもんだ」です。

「さよなら！」と言えば、明日もまた夕焼けはやって来る――そのように思って幸福を追い求めることにだけ貪婪だった子供の私は、夕焼けの消えてしまった後で、また別のことを考えています。たいしたことじゃありません。利己的で幸福を追い求めることに貪婪な私の考えることは、「じゃ、夕焼けの美しさと同じものはなんだろう？」です。


夕焼けを見ている。夕焼けの中にいる――そのことを幸福だと思う。そして、その幸福は「未知のもの」ではない。以前にそれと似たような「幸福」を経験していると思う――だとしたら、その「幸福」を与えてくれた「夕焼けとは違うもの」とはなんだろうと、考えています。なぜそんなことを考えたのかと言えば、「幸福」を明確にした子供が、そんな自分の基盤をもっと確実にして、「幸福である自分の現在」を更に確実強固にしようとしたからです。

それで私は、現在の自分を更に幸福にする、現在の幸福と同質の「過去の幸福の記憶」を掻き集めようとしました。それが、一つだけありました。その頃の私の知る、「夕焼けの美しさ」と同質の幸福を与えてくれるものは、「青い空に浮かんで流れて行く白い雲」でした。

「赤」ではない、「夕焼け」とはまったく質の違う「昼の青い空」を、いくつもの白い雲が流れて行く――それを見ているのは、夕焼けを眺めて、夕焼けの美しさと一つになって思考停止になっているのと同じ質の「幸福」でした。

それで、子供の頃の私は、「なぜ赤い夕焼けでもない、ただ青いだけの空に浮かんで流れて行く雲は美しいのだろう？」と考えたのですが、この答が分かりますか？

†「白く輝く雲」のどこが合理的なのか？

夕焼けを「美しい」と思い、その美しさと一つになって口を半開きにして見ているようになる以前、私は青い空を流れる白い雲を見ているのが好きでした。夕焼けを「きれい……」と思って眺めているのと同じように、白く光って流れて行く雲を見ていました。赤を中心とする豪華な色彩のスペクタクルである夕焼けを「美しい」と思って、それと同質の幸福感を与えてくれた白い雲の美しさを思って、子供の時の私は不思議でした。夕焼けの色彩の豪華さに比べてずっとシンプルな、「青い空に浮かぶ白い雲」が、どうして夕焼けと同じように美しいのかと思いました。

「青い空の美しさ」を語る時に、「子宮の中の記憶」も「誕生の時の記憶」も役に立ちません。あっけないほど、青い空は「きれい」なのです。白いだけの雲も、ただ「きれい」なのです。その雲に微妙な変化を与えるのは「眩しい光」ですが、その色彩は、夕焼け空の色彩に比べればずっとシンプルです。でも私は、青い空を流れる白い雲を、夕焼け空を「美しい」と思って眺める以前から、「美しい」と思って眺めていました。夕焼け空がとてつもなく美しいということに気がついて、「こんな美しいものは見たことがない」と思って、でもその後で振り返って考えると、夕焼け空の美しさは、「青い空を白く輝いて流れて行く雲」の美しさと同じでした。だから不思議でした。それで私は、「夕焼けとは全然違うのに、どうして青い空を流れる白い雲には、夕焼け空と同じような美しさがあるのだろう?」と考えるようになりました。更には、「〝夕焼け空は美しい〟と言う人は多いのに、〝青い空に浮かぶ白い雲は美しい〟と言う人は、どうしてそれより少ないのだろう?」と思うようにもなりました。

大気中の水蒸気が凍ると雲になります。ということは、高い空の上は寒いのです。それは分かります。子供の頃の私はそう説明されて、同じ年頃の子供よりも、そのことをよく分かったでしょう。なぜかと言えば、私の家はアイスクリーム屋でした。冷凍庫の扉を開ければ、夏でも「白い冷気」が流れ出て来ます。「それが雲の原型だ」と言われてしまえば、「ああ、そうか」と簡単に実感出来てしまいます。でも、青い空に浮かぶ白い雲を見ていて、自分の家の冷凍庫を思い出すことはありませんでした。「白い雲の美しさ」を、「自分の家の冷凍庫」と関連付けて考えようとも思いませんでした。それを言うのなら、「なぜ家の冷凍庫から流れ出る白い冷気は雲にならないのだろう?」と思います。そして、なんとなくその理由は分かりました。なにしろ、冷凍庫の中には「青い空」がないのです。

白い雲の「合理的」あるいは「科学的」な出来上がり方を説明されて納得することは出来ますが、その説明は、「白い雲の美しさ」をまったく説明してくれません。

「美しいものは合理的な出来上がり方をしている」と言われても、「美しい」と思う白い雲のどこに「合理性による美しさ」があるのかは分かりません。「雪の結晶は六角形だ――だから美しい」と説明されるような「合理的＝美しい」の関係を、白い雲に発見することは出来ません。第一、雲は流れて行くのに従って次々と姿を変えて、「いかなるものが雲の形か」という特定をすることが出来ません。だから私は、雲を見て「カッコいい」と思うこともありません。ただその美しさと一つになって、口を半開きにして、流れる雲を見ていただけです。「美しいものは合理的な出来上がり方をしている」はいいとして、一体「雲の美しさ」のどこが合理的なんでしょう？

「ゴキブリにはゴキブリなりの、〝ゴキブリであることとの合理性〟があって、それを反映しているゴキブリにはゴキブリなりの機能美がある」はいいですが、形が定かではないような「雲の機能美」というものはどんなものでしょう？　これまで自分の言って来たことを平気で引っくり返してしまうのもなんですが、「美しいものは合理的な出来上がり方をしている」なんていうのは、嘘っぱちだと思います。嘘っぱちでなければ、その言い方には間違いがあると思います。

†ありとあるものは、ありとあるものであるがゆえに美しい

「合理的な出来上がり方をしているものは美しい」とか、「美しいものは合理的な出来上がり方をしている」というのは、嘘です。なぜかと言えば、そこに「合理的」という言葉を登場させること自体が、「人間の都合」だからです。

「ゴキブリにはゴキブリなりの合理性がある。ゴキブリは、ゴキブリ自身の合理性に合致した機能美を持っている」などと言って、誰にそれが分かるんですか？　ゴキブリがそれを喋ったんでしょうか？　誰か、ゴキブリになったことでもあるんでしょうか？　ここに「合理性」という言葉を登場させるのは、人間の解釈です。「ゴキブリはゴキブリなりに合理的だ」とか、「ゴキブリにもゴキブリなりの機能美がある」と言うのは、そうでも言わなかったら、ゴキブリを「生き物」として認識出来ず、「ただひたすらその存在の抹消を考えるべきもの」になってしまうからです。

人間とゴキブリは、そもそも共同生活をすべきものではない。距離を置いて住み分けをしているもので、そのゴキブリが人間の居住部分に姿を現してしまうのは、人間の居住部分がゴキブリの生息する環境に近づいてしまった結果です。それは、人間にとってよいことではない。だから人間は、ゴキブリが出現すると叩き潰す。そして、自分の住環境を改めて点検して、「ゴキブリ

の生息に適する」になってしまった箇所の改善を図る——ということをするのです。それをしないで、ただ「キャーキャー」言っていて、「ゴキブリはそもそも気持ち悪いものである」などと言うのは、ゴキブリとの住み分けに関する責任放棄の結果です。人間というものは、その責任放棄を「よくない」と考えるもので、だからこそ、「ゴキブリにも機能美はある」とか、「ゴキブリはゴキブリの合理性に従って、あのような形をしている」と言うのです。そう言って、「だからゴキブリのひたすらな抹消を考えるな。考えるなら、ゴキブリとの住み分けを考えろ」と訴えるのです。だから私は、「人間というのは、持って回った考え方をするもんだな」と思います。

人間は「合理的」が好きで、「合理的」という言葉で説明されることが好きなようですが、私は、そんな面倒なことはしないで、「そういうもんはそういうもんだ」という納得をしてしまう方が好きです——もちろん、そればっかりだと、知性の芽である「懐疑」というものが発達しませんが、「そういうもんはそういうもんだ」の方が楽ですし、「美しい」を実感するのには便利です。

なぜ夕焼けは美しいのか?——この答は、「そういうもんだから」です。「太陽が傾いた時に空の色を赤くするのは、空本来のあり方において合理的だ」という考え方には無理があります。第一、空には「赤くする」だの「合理的にする」だのという意志がありません。空に「空の意志」を発見するのは、特殊な比喩です。

なぜ、青い空に浮かんで白く輝きながら流れて行く雲は美しいのか?――この答もまた、「そういうもんだから」です。空の雲が真っ白な角砂糖のような正方体や直方体になっていることが常であるならともかく、「不定形」であるような雲に、「合理的」という言葉をあてはめるのは無理があります。「不定形であることが合理的だから雲は美しい」なんて言うのなら、ただ「雲は美しい」ですむことです。雲には、「この形になっていたい、この形にはなっていたくない」という意志なんてありません。それが生まれる時には生まれて、空の上を吹いている風の強弱に従って流れ、遠く離れたところにある太陽の光を受けて、輝くところは輝き、影になるところは影になるだけです。雲は空の上にあって、それを「美しい」と思う人間が見て、「美しい」と思うだけです。そういうもんです。「合理的」という言葉の入る余地なんか、どこにもありません。そこに「合理的」という言葉を持ち込みたがるのは、「美しい」ということが実感出来ない人だけです。

この世のありとあるものは、ありとあるものの必然に従って「美しい」のです。「ありとあるものの必然」とはなんでしょうか? 「ありとあるものは、人間の都合と関係なく存在している」ということです。

そこに山がある、そこに雲がある、そこにゴキブリがいる――どれもこれも「人間の都合」とは関係のないものです。自分の都合とは関係のないものに囲まれて人間は生きて、そこで「自分の都合」によって、すべてのものを解釈し直しているだけです。

自分の生活に利益をもたらすものは大切にし、自分の生活に「害」となると解釈したものは排除する。そして、その解釈は時として浅薄だから、「害」と「利」はたやすく逆転してしまう。「害」と「利」に大別して、その選択からはずれたものは、「関係ない」として放擲《ほうてき》される。「関係がない」とされたものは、人間から見向きもされない。しかし、それに「関係ない」というレッテルを貼るのは人間の都合で、人間に「関係ない」とされたものでも、それなりのありように従って存在している。存在していても、人間は見ない――「関係がないから、〝見る〟という関係を持つ必然さえもない」と思っている。そう思われるものは、人間の意識の中で「存在しない」と同然のものになっている――しかし、それは存在している。だから、利害とは関係のない目でそれを見る者もいる。

利害を超越した目で見られた時、人間の都合によって「存在しない」ということにされているものは、どのように見えるのか？

それは、ただ「存在している」と見える。そして、利害とは関係なく「ただ存在しているだけのもの」を見た時、人は「美しい」と感じる――そうである方向へ進んで行く。

それは、人の利害からはずれていて、利害でしか物事を見ることが出来ない――そうであることを当然にしている人間にとって、「利害からはずれていること」は、すなわち「美しい」と思えることなのです。

「美しい」は、人の利害からはずれている。だから、その認識はなんの役にも立たない。だから、「美しい」は利己的ではなく、「カッコいい」の上にある。

それは「関係がない」として、人の認識する意識の中から、存在を排除されている。しかし、もし人が、それに対して「見る」とか「聴く」という関係を持ってしまったなら、その排除され黙殺されていたものは、人に対してなにかを投げかけるようになる。その投げかけられたなにかを受け留めてしまった時、人は、「美しい」と感じる方向へ進んで行く――そのような仕組みになっているのだろうと、私は思っています。

だから私は、「人一般は〝美しい〟が分かるものである」と考えます。「〝美しい〟とは、〝存在する他者〟を容認し肯定してしまう言葉だ」と考えます。「存在する他者」が「合理的」であるかどうかなどは、どうでもいい詮索だと思っています。

それは、人が常とする「利害」とは別のところに存在しているものです。だから、「美しい」と感じた時、人は「美しい」と感じたものに対して、「距離」を感じる――当然のことでしょう。

そして、「美しい」と感じる時、人は、常の思考体系とは別のところに踏み込んでいる。だから、「美しい」を感じた時、人は同時にとまどいを感じる。「保留」ということをも、強く意識してしまう。「美しい」を感じるその実感は、常の思考体系とは違うところにあるものだから、位置付けがしにくい——だからこそ、「保留」という措置を必要とする。

そして、でもその感情は、「人一般が本来的に感じるはずのもの」だから、受け入れることに関して、違和感を抱かせない——だから人は、「美しい」と思って、そのとまどいを感じさせるものを、そのままに受け入れてしまう。

「美しい」とは、そのような「人本来のあり方」に関わるものなのだと、私自身は思っているのです。

†夜の道でガマガエルに会ったら

人は、「利害」という自分の都合を前提にして生きています。それはそれで仕方がないことなので、私は別に「悪い」とも思いません。でも、人が「自分の都合」だけで生きていることは間違いのないことです。だから人は、勝手なことを言います。

世の中には、ヘビやカエルの爬虫類や両棲類が嫌いな人はいくらでもいます。私も、あまり好きではありません。でも、それとは逆に、爬虫類や両棲類が好きな人もけっこういます。嫌いな人は「気持ちが悪い」と言い、好きな人は「可愛い」と言います。それを「美しい」と言う人もけっこういます。「好きか嫌いか」は、それを言う人間の都合で、「気持ち悪い」も当人の都合です。人は、自分の価値体系に基づいて勝手なことを言います。だからといって、ヘビやカエルを「醜い」とまで言う必要はないでしょう。「醜い」は「見にくい」で、それを「見ていたくない」と思う人間の都合なのです。

夜の住宅街を歩いていて、時々カエルと出っくわすことがあります。私はちょっとだけぎょっとして、「なにしてんの、お前?」と、カエルに対して思います。私は別にカエルに驚いているわけではなく、「突然なにかが出現したという事態」に驚いているだけです。

ヘビやカエルがそんなに好きでもなかった私は、うっかりすると「気持ち悪い」の方向に傾いてしまいそうな過去を持っていましたが、「それは存在に対する差別だな」と思って、改めようとしました。改めようとして、じっと見ようとして、じっと見て、別に「美しい」とは思いませんでしたが、「気持ち悪い」とも思わなくなりました。

山の中の道を独りで歩いている時、目の前をヘビが通って行くのを見たことがありました。自然環境の中にいるヘビを見たのはその時が最初でしたが、その時は「あ、ヘビだ」とだけ思いました。その後に何度も遭遇していれば、「どこに行くの?」と思ったかもしれませんが、それっきりヘビとは会っていないので、私がまたどっかの自然環境の中でヘビと会っても、思うことは、ただ「あ、ヘビだ」だけでしょう。

山道を行くヘビを見て、別に「こわい」とも「気味悪い」とも思いませんでした。「ヘビはただヘビであるだけで、こわくも気味悪くもないのに、なんでヘビにへんな感情を持ってたかな？」と思って、その昔に動物園のヘビを見た時のことを思い出しました。思い出すと、その記憶の中の映像はあまり気味がよくないので、「なぜだ？」と思いました。その答は、正面にガラスのはまったコンクリート製の穴ぐらの中にいるヘビの姿が、ヘビ本来のあり方とは異質だったからで、「その異質さが〝気持ち悪い〟を作り出していたのか」と思いました。大体私は、檻の中に飼われている動物を見るのが好きではありません。「動物本来のあり方」を人が歪めていて、どことなく薄汚いのです。それを、「山道を行くヘビ」が教えてくれました。

東京ではあまり見かけませんが、地方で仕事をしていた時には、部屋の中にヤモリがいることがありました。「いるもんだからいるもんだ」としか思いませんでしたが、あまり近くに来られると気が散るし、原稿用紙の上を歩き回られたりすると困るので、「ちょっとどいてね」と言って、つまんで部屋の外に出しました。初めはティッシュで包んだりもしましたが、それに慣れて、直接さわっても別に害がないだろうと思うようになってからは、直接手でつまむようになりました。

（ただ、「こんなことを書いててもいいのかな」と思うのは、私には中学時代、友達と毛虫の投げっこをしていたという過去があって、私は別になんともなかったのですが、私と一緒に毛虫の投げっこをしていた友達は、次の日学校を休みました。私は「毛虫のせいではない」と思うのですが、もしかしたら「毛虫のせい」かもしれません。というわけで、「うかつになんでもさわらない方がいい」くらいのことだけは書き添えておきます）

私は、「動物と話が出来る」と言われた伝説の聖人ではないので、「自分は動物と話が出来る」なんてことを考えません。特別に「動物が好き」というわけではありません。「そこに存在するものなら、〝存在するもの〟としてつきあっている方が自然だろう」と思っているだけです。だから、夜の道を大きなガマガエルが歩いているのを見ると、勝手に「なにしてんの？」と思います。それは、「一体どこから来たんだ？」で、「お前はどこに住んでんだ？」で、「こんなとこ歩いてて車に潰されても知らねーぞ」です。

私は別に、ガマガエルの「表相」を見てはいません。それを言うなら、「ガマガエルという存在」を見ています。「存在」に美醜はありませんから、別にガマガエルを気持ち悪いとも思いません。格別に「美しい」とも思いませんが。

私にとって動物というのは、「見るまでその存在を抹殺されている他者」というものではないらしいです。「存在していて当たり前のもの」であるらしいです。そして、どうやらそのつきあいは、まだ浅いらしいです。それで、「美しい」かどうかを考えるより、「どうつきあうか」を考えてしまうらしいのです。それで、気がつくと「ガマガエルと話をする」の一歩手前まで行っているようです。別に、動物と親密で、動物に対して愛情深いというわけでもありません。ネコと目が合って、「なんだよ、手前ェはよー」と、ネコに対して喧嘩腰になるのはしょっちゅうです。

ネコに対してなら、「可愛い」と思って可愛がっていた前科もあります。ネコに対してなら、「知ってる」と思って喧嘩腰にもなれます。憎まれ口をたたける程度には仲がいいかと思います。でも、ヘビやカエルはそうでもありません。カエルに対してなら「お前なにしてんの？」というタメ口もきけますが、ヘビとはそうそう出会う機会もないので、「あ、ヘビだ」から先へは進めません。この先、カエルともっと頻繁に出会うようになったら、あるいは、カエルを「美しい」と思うようになるかもしれません。ヘビに対しても、そういうことになるかもしれません。ならないかもしれません。

「自分とは関係のない他者」に対する私の反応は、「いきなり〝美しい〟と思う」と、「いきなり〝美しい〟とは思わない」の二つに分かれます。分かれるとして、この二つだけです。「いきなり〝美しい〟とは思わない」に分類されたものが、その先「〝美しい〟と思える」になることもありますが、ならないこともあります。なぜそういう分かれ方をするのかと言ったら、私も人間で、私にも私なりの都合があるからです。

†人だけが「醜い」を作る

私は、「いきなり〝美しい〟と思う」と「いきなり〝美しい〟とは思わない」の二つにだけ分けて、「美しい」と「醜い」という分け方はしません。なぜかと言えば、自然界に「危険なもの」はあっても、「醜いもの」は存在しないからです。「醜い」は、人間にだけ関わるものなのです。「存在に美醜はない」と言って、私は、「人間の存在にだけは美醜がある」と思います。なぜかと言えば、人だけが「自分の存在」を作るからです。

人間は、「自分の都合」を第一にして生きています。それはそれで仕方のないことですが、「自分の都合を第一にして生きる」とは、自分の責任で自分の人生を作り上げることであり、「自分という存在」を自分で作り上げることです。「自分の都合」とは、脳が勝手に決めた観念的なものですから、「自分の現実」とはずれていることがいくらでもあります。「ずれてはいない。これが自分の現実だ」と言ったとしても、そう言うこと自体が「自分の都合」かもしれません。「自分の都合」に従えば、「自分の現実」は、自分に相応の「あるがまま」かもしれませんが、でもそれは、他人の目からはまた違ったものになっているのかもしれません。「セルフイメージ」というのが、他人の見た目とは違う自分独特のものになっているのは、人が「自分の都合」を第一にして生きるからです。

「自分の人生に失敗した」と言う人もいます。「失敗した」と言って自殺をしてしまう人もいます。しない人もいます。その人達が、本当に「自分の人生に失敗した」であるかどうかは分かりませんが、そういう判断が生まれるということは、「自分の失敗しない人生」がどのようなものであるかを想定している、ということです。つまり、人間は自分の人生のあり方を、自分で判断するのです。「かくもあらん、かくもあってしかるべき」と、自分の人生を作ろうとします。更にはその上で、「存在」は、人生の一点です。人間は、自分の「存在」を作り、人生を作るのです。批評さえも求めます。つまり、「他人の判断を仰ぐ」です。

人間の「現在」はその人の未来を築くための足場で、未来を考えなくなった時、人の「現在」は「存在」として固定されます。それは「作品の完成」と同じように固定されて、「よし悪し」という評価さえ生みます。人の「存在」には、だから美醜があるのです。

人の「存在」の美醜は、容貌とは直接に関係がありません。自分の容貌をどのように解釈するかが「人の都合」で、人の美醜はその下にあります。だから、「美しい容貌を持つ、存在が醜い人」というのは、ちゃんといます。「こないだまでは〝いい〟と思っていたのに、最近はちっともいいとは思えない」と人に対して思うようになったら、その人の「存在」が醜くなったか、その人の「存在」をあなたが「醜い」と思うようになったかのどちらかです。「存在」という言葉がややこしかったら、「ありよう」というルビをお振り下さい。

世間には「性格美人」という言葉もあって、この言葉の意味するところは、「容貌は美しくないが、存在は美しい」であろうと思いますが、だったらそれは、「魅力的」とか「愛嬌がある」ですむことです。そこに「美人」という言葉を組み込んでいるところに、なんらかの下心を感じます。

「美人」というのは、所詮「容貌が美しい」で、「容貌が美しくない」を前提とする人が、一周遅れで「容貌の美しい人」という称号を獲得しようとしているところが浅薄です。つまり、「性格美人」という言葉には、「〝容貌は美しくないが存在は美しい〟という質の容貌の美しさを狙う、存在の醜さ」が隠されているということです。どうも人間というものは、そうまでして「容貌の美しさ＝美人」という称号を手に入れたいものらしいです。

なんでそうまでして「表相」にこだわるのかと言えば、「存在の美しさ」なんていうものが、「表現としては分かるが、実際にはよく分からないもの」だからです。そして、人間だけが「美しい」を発見して、「美しくない＝醜い」という判断をするものだからです。

それをするからこそ、「醜い」は生まれます。「醜い」と言われることを、人間は恐れます。だから、「存在の醜さ」を隠そうとして、「容貌の美しさ」に走るのです。「その人なりの美しさ」という言葉にうなずいて、「私には〝私なりの美しさ〟がある。だから私は美人だ」という短絡に走るのです。人がこうまで「美しさ」に縛られているのは、やはり、「美しい」が長い間「制度的」な存在だったからでしょう。

柳宗悦《やなぎむねよし》の「民芸運動」に代表されるような、「美しいのは特別なことではない。生活の中から生み出されたものは、それ自体が固有な美しさを持っている」という思想は、以前にも言いましたように、二十世紀になってからようやく生み出された思想なのです。「それ自体が固有な美しさを持っている」とは、すなわち、「存在に美醜はない。存在そのものは〝美しい〟という前提に立たなければならない」ということで、この発想自体がまだまだ新しいものなのです。

新しいから耳慣れない。馴染まない。それで人は、「古い時代の当然」をいとも簡単に選択してしまう。「美しい」が制度でありうるのなら、「美貌」とてまた、制度なのです。だからこそ「美人コンテスト」という、当人にとっては真剣、周りにすれば「お遊び」でしかないものもあります。ちょっとした贅沢が可能になっただけで、自分を、制度上はもう存在しなくなってしまっている「王侯貴族」の類と同一視して、それがあった時代の「制度的な美」へと回帰して行く――そういう人はいくらでもいます。そうして、他との差異を言い立てて、「美しい」「美しくない＝醜い」を作り出す。人にとって、「美貌」というのもまた、貴族的な社会特権なのでしょう。「特権があれば生きやすくなる」というのもまた、人間の思う「都合」の一つでしかありません。

†旧石器時代と新石器時代が、私達に教えてくれるもの

「自分の都合」を第一にして生きる人というのは、失敗や間違いばかりをしでかしています。前提が「自分の思い込み」なのですから、それも仕方がないでしょう。だから世の中には、「美しくなることに失敗したもの」がいくらでも氾濫しています。美しくなることに失敗しているにもかかわらず、「失敗していない」と言い張っている強引なものだらけです。

人は、「子供」以外のものを作り出してしまう、例外的な動物です。「作る」は人間の性《さが》だから仕方がありませんが、「作る」が簡単になってしまうとろくなことがありません。

「作る」という簡単な言葉には、いたって複雑なプロセスが隠されています。「作る」が成功して、「出来た!」という「完成」に至るまでには、「失敗=出来ない」という事態が存在するからです。

「石器」というのは、人間が作り出した最も古い道具の一つです。石と石とを叩き合わせて作ります——しかしそう書いて、私は自分の書いたことが本当かどうかは分かりません。私には、石器を作ることに成功した経験もないし、石器を製作しているところを見たこともないからです。

子供の頃、私は友達と一緒に、石器を作ろうとしました。「自然界で一番固いものは石で、石と石を叩き合わせれば石が割れて、石器を作ることが出来る」と、なにかで知ったか、自分で考

えついたかをしたからです。

石同士をぶつけて石を割るのは、容易なことではありませんでした。しかし、握り拳の倍以上もある大きさの石は、ともかく割れました。そこまでは成功しましたが、その先がさっぱり分かりませんでした。ただ割っただけの石を、どうやって「石器」へと至らしめるのか――子供の私達には、その知識と技術がなかったのです。大きな石を割ることさえも大変で、それを実現させた私達は、「その先」が自分達の経験したことよりもずっとずっと大変なことになるであろうということを、経験的に察知しました。その結果、石器作りは挫折して、私は今に至るまで、「石器の作り方」を知らないままです。

子供の私達が完成を目指したのは、新石器時代の「磨製石器」と言われるものです。私は「石斧」のようなものを作ろうとしていました。しかし、私達の作ったものは、旧石器時代の「打製石器」にも至らないものです。「物を作り出す」ということに関して、私達は旧石器時代人以前だったのですが、私達より進んでいた旧石器時代人だって、打製石器を磨製石器に変える技術を持っていませんでした。それが可能になれば、旧石器時代は終わります。でも、それがなかなか可能にならなかったから、旧石器時代は何千年も続いたのです。

今の私達は「作る」ということに関してあまりにも鈍感になっていて、「作る」ということが、無数の「出来ない」を克服した結果なのだということを忘れています。作ることに失敗したら、その結果は「出来ない」で、「作れない」なのです。「作れた！」「出来た！」というのは、その困難を乗り超えた結果の達成で、だからこそ「出来上がったもの」には、「出来上がるまでのプロセス」が刻まれているのです。博物館のガラスの向こうにある磨製石器が「ただの石のかけら」とは違ったものになっているのは、そこに「出来た！」に至るまでのプロセスが刻まれているからです。

新石器時代の人間にとって、磨製石器を作ることが簡単だったかどうかは分かりません。その時代に「磨製石器を作る技術《ノウハウ》」だけはあったのですから、もしかしたら簡単だったのかもしれません。しかし、旧石器時代を消滅させてしまうような技術《ノウハウ》は、誕生までに長い時間がかかりました。その技術が登場したとしたって、その技術をマスターしなければ、新石器時代人にだって磨製石器は作れません。そして、その技術をマスターしたって、個別の石にその技術を適用し、「よりよい磨製石器を作る」ということになったら、話はまた別です。だから我々は、博物館のガラスケースの向こうにある磨製石器のいろいろを見て、「これはカッコいいが、こっちはそうでもない」などと思うのです。私はそう思いますから、あなたも是非そう思って下さい。

完成したものは一つのフォルムを持っている。完成しないものには、そのフォルムさえ宿らない。そして、完成してフォルムを持ったものには、その先「よし、悪し」という新しい達成基準が生まれる。人が物を作るというのは、新たなハードルを生み出すことでもあって、技術は「模索とためらいと失敗」の中からしか生まれない。そうして獲得した技術であっても、「ためらい」という混乱の中で揺れる――揺れなければ、「よりよい」という未知の領域へ届けない。技術は「時間」を内包して、そして更に「ただの技術」として終わったものは、新しい段階に至って捨てられて行く――石器というものは、それだけのことを私達に教えてくれるのだと思います。

だからなんなのか？

†産業は、人にどのような間違いをもたらすようになったか

人間は「技術」というものを我が身に備えます。その「技術」は、ただ備えただけでは意味を持ちません。人間には、「技術を適用する」ということが必要とされます。「技術」の獲得には時間がかかって、「技術の適用」には、ためらいと挫折がつきものです。それは当然のことで、だからこそ、人間の「ものを作る」には時間がかかります。「いいもの」というのは、その、時間とためらいと模索の結晶で、だからこそ、昔に作られたものには「いいもの」が多いのです。

簡単な真理とは、「いいものは簡単に作れない」で、「時間をかけて作られたものは、それなりに〝いいもの〟になる」です。時間をかけても、「作ることに失敗したもの」は、「もの」になりません。「ものになった」ということは、それ自体で既に「いいこと」で、そのためには、それ

なりの時間がかかります。ものを作る人間は、時間というものを編み込んで、「作れた＝出来た」というゴールへ至るのです。

昔には「簡単に作れる」という質の技術がありませんでした。だから、ものを作る人間は、時間をかけるしかありませんでした。そして、「ちゃんと作る」をしないと、「作る」がまっとう出来ません。「ちゃんと作る」はまた、「失敗の可能性」を不可避的に浮上させて、「試行錯誤」を当然とさせます。「ためらい」と「挫折」があって、そのいたるところに口を開けた「失敗への枝道」を回避しながら、「出来た」の待つゴールへ至らなければなりません。「作る」という行為は、葛藤の中を進むことなのです。「ものを作る」という作業は葛藤を不可避として、葛藤とはまた、「時間」の別名でもあります。「時間をかける」とはすなわち、「自分の都合」だけで生きてしまう人間の、「思い込み」という美しからぬ異物を取り去るための行為なのです。「葛藤は、完成のための研磨材」かもしれません。

ところが人間はある時、この「時間がかかる」を、「人間の欠点」と思うようになりました。「欠点だから克服しなければならない」と思ったのです。それで、「時間がかかる」を必須とする「人間の技術」を、機械に移し換えようとしたのです。産業革命以降の「産業の機械化」とは、この事態です。

機械化による大量生産は、ものを作る人間から、「ためらい」という時間を奪いました。ものを作りながら、「ためらい」という研磨材でろくでもない「思い込み」を削り落とし、「完成＝美しい」というゴールへ近づけるプロセスを排除してしまいました。つまり、ためらいぬきで、「観念」が現実化してしまうということです。

そうなった時、「ためらい」は、「観念」を現実化する前の段階でだけ起こります。「試作」というためらいの期間が終わったら、「観念」はそのまま、ためらうことなく現実化されるのです。その一直線のプロセスに、もう「ためらい」は存在しません——それが存在することは、ただ「生産ラインの故障」なのです。

ものを作る人間も「試作」をします。そして、「試作」の後の段階になっても、相変わらず「ためらい」を実践します。ためらいながら、その「ためらい」を克服しつつ、「作る」の道を進むのが人間です。しかし、機械に「作る」をまかせてしまった人間は、そのことがよく分からなくなってしまいました。だから、人の住む町は、「これは美しいはず」「合理的であるはず」「機能的であるはず」という、「観念がそのまま形になってしまった物」に侵され、それを修正することも出来ぬまま、「美しくない物」を氾濫させているのです。

「産業がどうだ、経済がどうだ」と言われても、これは、人間のあり方、自然のあり方に対しての間違いです。「美しいを分かる」を回避した結果の時間的短絡が、この間違いを生みます。間違いは間違いなので、私はこの本を書いているのです。

†ごく稀に訪れる「自然状態」に、人は「美しい」という言葉を与える

残念ながら、「美しい」という事態は、人間の利害からはずれています。利害からはずれているることが「美しい」で、利害の中に「美しさ」を見る人は、ただ「利害」だけを問題にしているのです。自然は、人の利害からはずれていて、だからこそ、自然界のありとあるものは美しいのです。そしてそうなって、「自然のままに生きろ」という声が生まれます。ところがむずかしいのは、「人間にとっての自然」です。

人間は、「自分の都合」という利害を前提にして生きています。その時点で、既に「自然に生きる」からはずれています。だから、正当な食欲と消化器官の健全から生まれる「見事な一本グソ」は常のものではなく、「おーい、来てごらんよ！」の対象になるのです。

人間は、「自分の都合」と「自然状態」の中でぶれていて、「自分にとっての自然」がどういうものだかがよく分からなくなります。だからこそ、「自然の中で自然のままに生きるという不自然」という事態さえも招来させてしまうのです。

それでは、人間に「自然」を宿らせることは不可能なのでしょうか？　そんなことはありません。人間はごくたまに、「なんにも考えていないゆえに到来してしまった合理的」という事態を実現させてしまうからです。俗に言う「まぐれ」です。ゴルフの方では「ビギナーズ・ラック」

という言葉を使うみたいです。

なにをどう考えていたわけでもなく、なにをどうするつもりもなかったにもかかわらず、野球のバットやテニスのラケットがボールの真芯をとらえ、「見事なホームラン」や「最高のスマッシュヒット」を実現させてしまうことがあります。もう一度それをやろうとしても無理です。なぜかと言えば、それが「まぐれ」だからです。

「まぐれ」を再現しようとして、利害に憑かれた人間は、あれこれと無駄なあがき方をします。そういう時に飛んで来るのが、「冷静になれ、自然体になれ」という言葉です。「冷静になる」は、まァ簡単ですが、「自然体になる」は困難なことです。自分にとっての「自然体」が、どんなことかは分からないからです。

果して人間は「自然体」が分からないのかというと、そんなことはありません。「まぐれ」を経験した人なら、そのことが分かります。「まぐれ」こそが、意識せずに達成されてしまった「自然体」状態だからです。

「まぐれ」というのは、とても不思議です。それが「見事なホームラン」や「最高のスマッシュヒット」となる前に、「微妙な予感」があるからです。

その予感は、「あれ……」という程度のなんでもないもので、そのなんでもなさ加減は、当人に「今度もまた空振りか」程度の実感しかもたらしません。そんな程度の実感が「最高に素晴らしい結果」を生み出してしまうのですから、その総体に関する判定は「まぐれ」というところにしか行き着かないのですが、「自然体の訪れ」というのは、実のところ「なんでもない状態の訪れ」でしかないのです。

なんの昂ぶりもない――だから、へんに拍子ぬけして「あれ……」と思う。でもそれが、「自然体」なのです。「自然体」の訪れは、「自然体」を意識するその以前に起こっていなければならない――だから、「自然体」は自然体なのです。

シロートは、それを精々「まぐれ」として、見過ごしてしまいます。プロというのは、その「まぐれ」を、自分の日常に取り込もうとして努力をするものなのです。だから、あまりにも合理的な「美しいフォーム」を見せるのですが、しかし、その「合理的」とは、人間の上に稀にしか訪れない「いとも自然な状態」なのです。だからこそそれを、人は「美しい」と思うのです。「合理的だから美しい」のではなく、「思惑を超えた自然だから美しい」なのです。「美しい」と「合理的」をイコールにするのは結果論で、その「美しい」は、利害による思い込みを排した、ごくごく稀に訪れる「人の自然状態」でしかないのです。

†人間は、「自然」であることにさえ「意図的」である

それでは、その「自然状態」はどうすれば「我が物」となるのでしょう？　プロというのが「まぐれ」を自分の日常の中に取り込もうと努力して、ある程度はそれを実現させているものである以上、その「方法」はあるのです。

その理論は、そんなに珍しいものではありません。いたってありふれています。ありふれていることを知らないのなら、それはあなたが、「万能の自己」というへんな迷信に毒されているだけです。

「自然体」を獲得するには、まず第一に、「自分はたいしたものではない」と思うことです。そうして、人の教える、身にしみない「一般論」をマスターすることです。スポーツの場合、これは「基礎訓練」とか「基礎トレーニング」と言われます。その他の世界では、ただ「修業」です。学校制度で言えば、「初等教育」でしょう。

まず「一般論」をマスターします。そうすると、その世界の「新米」になります。マニュアル教育だと、研修はここで終わりですが、マニュアル教育は産業社会の要請によって生み出された、「時間がかかる」を排除した教育なので、ここに「自然体」は訪れません。「一般論」は「一般論」でしかないので、「個性」というものを持った各人に、完全にあてはまるわけではありません。だから「一般論」は身にしみないのですが、「一般論」は基礎なので、これをマスターしない限りは先へ行けません。「なんで?」と言われても、そういう仕組になっているから、仕方がないのです。

「一般論」は、「なんで?」という懐疑と、「なるほど」という納得を混ぜ合わせて出来ています。「なんで?」と思わせるところが、当然のことながら、「身にしみないところ」です。もちろん、「なんで?」と「なるほど」を感じる箇所は、人によって違います。違うところさえも「同じ」と思いたがるのが、個性を知らない「一般論」の限界です。

「一般論」の学習が終わりに近づくのは、各人の体内バロメーターが教えます。「身にしみないところ」が増せば増すほど、「一般論」の限界は近づきます。つまり、基礎訓練の終わりです。「身にしみないところがなくなったら一般論の学習は終わる」とするのは、「一般論」をはびこらせる社会の間違いです。なぜかと言えば、「一般論からはみ出したところ」が「各人の個性」に対応するところで、これを磨かないでいると、人間は「観念的な一般論の鋳型にはめられただけの人工物」と同じものになってしまうからです。

ついでに、「基礎訓練」とは、所詮「基礎を作るためだけの訓練」で、「筋トレをやっただけで実技の訓練をまったくしていない人間」は、デクの棒の別名になるしかありません。「基礎訓練」は筋トレなのですが、もちろん、「筋トレに堪えるだけの力」がなかったら、筋トレさえも進みません。それで、「基礎訓練を実践しうるための基礎訓練」などというややこしいものも登場して、初等教育を「うんざりするもの」に変えてしまったりもするのですが、初等の基礎訓練をなおざりにした者が先へ進めるわけもないのは、言うまでもありません。

というわけで、「基礎訓練は終わった」ということになります。そうして、「中等課程」へ進みます。ここでは、「一般論」からはみ出したまま手つかずになっている、各人のための「各論」を、各人の中に根づかせることをします。つまり、「個性を伸ばす」です。中学生や高校生が生意気になるのは、彼等がこの時期に該当する存在だからですが、小学生でも生意気な子供はいます。「一般論」の初等教育と「各論」の中等教育を同時に施すなどということをするから、そういうことになるのです。「生意気な小学生」というのは、「教育の混乱の中で喘《あえ》いでいる」と同じものです。

中等教育は「生意気になる」を必須としてしまいますが、人をこのまま放置すると、ろくなことにはなりません。一生を勝手な思い込みで過ごすだけになってしまうからです。野放しにされただけの勝手な思い込みが、「自己顕示欲」と言われるものです。あまりいいことではないにもかかわらず、なんで現代日本には「中学生や高校生のまんまの大人」が氾濫しているのかと言えば、この時期が「個性の発達を促す」という名目で、「自由」が奨励される時期だからです。「自由」だから楽しい——中等教育の時期はそういう時期でもありますが、と同時にこれは、「いたっていやな時期」でもあります。理由はもちろん、「ただ生意気だから」です。でも、そうやって「一般論からはみ出した各論」を自覚しない限り、「自分の自然体」へ向かっては行けません。人の「自然体」とは、「人としての一般論と、個としての各論が、ちょうどいい案配にマッチした状態」のことで、人というのは、「自然」であることにおいてさえも、「意図的」を必要とする生き物なのです。

人の「自然」は、放っておいても訪れません。「積み上げられた経験」と、その経験を放擲してしまう「度胸」との両方があって、ようやく訪れてくれる――あるいは、訪れてくれるかもしれないものなのです。「正・反・合」の弁証法とは、「人の自覚した自然」の別名のようなものでしょう。

めんどくさい「一般論」は、この程度にしておきます。

†「雲一つない青い空」を、ただ「つらい」と思って眺めていた頃

私が夕焼け空を「美しい」と思い、夕焼け空と一つになってその美しさに没入していた時期は、小学校四年生の終わり頃から始まっていたと思います。五年生の夏休みには、「明日も夕焼けだ！」で毎日を生きていました。青い空に浮かんで流れて行く雲を見て、（おそらくは口を半開きにしたまま）「きれい……」と思って眺めていたのは、それよりも早く、小学校の二年か三年の頃からだったと思います。その頃に夕焼け空を見て「きれい」と思わなかったわけでもないの

ですが、流れる白い雲を見て「あそこに行きたいなァ」とさえ思っていた私にとって、夕焼け空というのは、なんだか遠いものでした。

それには理由があります。青い空を流れる白い雲を「きれいだなァ」と思って見ていた私は、実は、「青い空」があまり好きではなかったのです。「雲一つない青空」というのは、なんだか憂鬱でうとましいものだったのです。

私は昔の子供なので、天気がいい日には「外へ行って遊べ」と母親に言われていました。昔の子供にとって、そう言われるのは不思議でもなんでもないことで、それを言う母親の言い方が「怒鳴る」に近いものであることも、そう珍しくはないものでした。ところが、その頃の私には少し問題があって、あまり友達がいませんでした。だから、「外へ行け！」と言われると、少し困ってしまうのです。

春の、花が咲いている頃には、近所の家の庭に咲いている花を見て、ぼんやりと時間をつぶしていました。昔は、花の品種がそんなに多くはなくて、四月が過ぎると、花の季節は一旦終わりです。辺りは緑が支配的になって、見るものがなくなった私は、空の雲をぼんやりと見ていました。白い雲が「花」なら、青い空は「緑」です。

どこまでも高く澄んだ青い空に、白い雲が流れて行きます。ただ「白一色」であるはずの雲の白が、太陽の光を浴びて「幾種類もの白」になります。「雲は白なのに、なんでその白はただの白じゃないんだろう?」と、自分の持っているクレヨンの白を思いました。その白いクレヨンでどんな雲を描けばいいのかと思って空の雲を見ていると、白い小さな雲は少しずつ形を変えて行きます。頭の中で形を捉えようと思って、勝手に動いて行く雲の姿はうまくまとまりません。「自分は鈍いから、雲の形がきちんと捕まえられないんだな」と思ってぼんやり見ている内に、空の雲がとんでもなく早いスピードで飛んでいるんだということが分かりました。

白い小さな雲を追いかけるように、後ろから別の雲の塊がやって来て、雲同士がまるで鬼ごっこをやっているみたいでした。形のはっきりした小さな雲は、後からやって来た他の雲に捕まって、「捕まったな」と思っている内に、みんなと一緒になって大きな塊になってしまいます。私の追いかけていた雲の塊は、その内に輪郭を曖昧にして見えなくなって、でもその代わりに、空の上にはもっと大きな雲の塊が浮かんで、流れています。大きな雲は、ただ白いばかりではなく、灰色の翳を持っています。

「灰色」というと、あまり美しい色ではありません。雲のあちこちにその美しくない灰色の翳が出来て、いつの間にか雲の純白が小さくなって行きます。自分の見慣れた「白」がなくなって、少し寂しくなって、でも、空に浮かぶ大きな雲の塊は、まだ「きれい」です。「なんで灰色なのにきれいなんだろう?」と思うと、その雲の翳は、単純な灰色ではありません。輝くような水色があったり、滲むような薄紫があったりして、一筋縄の灰色ではありません。「灰色でもきれいなんだ」と思って少しあきれていると、そこに、どこからどうやって入り込んだのか分からない太陽の光が紛れ込んで、灰色の雲の翳に金色の縁取りをつけます。いつか気がつくと、大きく広がった雲の塊は、空に浮かぶ巨大な白い陸地のようで、青い空は、海です。

海の上に白いゴージャスな大陸が浮かんで、島や半島を従えたその白い大陸は、あきれたことに、空を飛んで流れて行くのです。「陸地が動く」というスペクタクルを、私は空の上に見ていました。その遠い空の向こうにある、青い海の上を流れて行く光さす白い大陸に、行ってみたいと思いました。それで私は、空を見ているのに飽きなくなったのです。

青い空には白い雲が浮かんでいて、それを見ていれば、友達がいなくても花が咲いていなくても、寂しいという思いをしなくてすみます。でも、空には時々、「雲一つない青空」というのがあります。

空にはなんにもありません。遊びに行った家には誰もいないようで、いつも面白いショーを見せてくれる劇場の舞台がガランとしてなにもないようで。

青い空が美しいことは分かっています。でも、その青い空が、なにかつれないことを言っています。青い空は、「きれいなお姉さん」のようです。「今日ね、お姉さんは用事で出掛けなきゃいけないの。子供は子供で、外行って遊んでらっしゃい」と言われているようです。そして、雲一つない晴れ渡った青空は、「子供というものは、じっとして空を見ているだけのものじゃない。

みんなと一緒になって元気に遊ぶものだ」と言っているように、ただ、青く広く大きく輝いているのです。それだけの舞台装置を与えられて、なにをしたらいいのか分からないまま一人でぼんやりと道を歩いている自分がいます。「雲一つない青空」は、空に浮かぶ雲を眺めているいつもの自分が、「本来なすべきことをさぼっている」と言っているようでした。

その頃の私にとって、空本来の美しさをたたえているはずの「青い空」は、その空の下でなにも出来ない自分の無能を責めるような、「つらいもの」だったのです。

†青空を満たす光が、「幸福」と同質であるような美しさに満ちていると知った時

青い空の輝きがほんの少し鈍って、そろそろ夕焼けがやって来てもいいかなと思える頃、家に帰ります。家に帰ってもまだまだ日は高く、そして辺りが生活の慌しさを宿し始めた頃、夕焼けが現れます。夕焼けの美しさは分かっています。でもそれは、「一日を充実して終えることが出来た者を祝福するための美しさ」のような気がします。だとすると、自分にはその祝福を受ける資格がないのです。「また一日、なんとなくごまかして昼間を終わらせてしまった」と思う私は、夕焼けを「美しい」と思って、でもその美しさとは一つになれません。夕焼けは、まだなんとなく遠かったのです。

その内に友達と外で遊ぶことが多くなって、早く訪れた冬の夕方、友達と一緒に「空一面の夕

焼け」の下にいました。

「幸福」というのは、体の中から湧き起こって、外へ向かって放射されて行くものかもしれません。その放射される幸福の先に「美しいもの」があると、幸福は、「美しい」という実感を体の中に引き入れてくれるのかもしれません。「寂しい」はずの冬の夕陽の下で、私はようやく、「夕焼けを美しいと思う資格」を手に入れたように思いました。

また春が来て、緑の季節が来て、空が青くなって、白い雲が美しく輝いて、梅雨の後に「雲一つない青空」が現れるようになりました。いつの間にか私は、青空を恐れなくなっていました。「青空の下で遊んでいる自分」を知って、時々、光輝くだけの青空を見上げたりもしました。青空はただ青くて、別に説教がましいことを言っているようには思えませんでした。でも、まだ自分の幸福にはそんなに慣れず、へんな用心深さを残していた私は、「ほんとかな?」とも思いました。

青い空はなんにも言わなくて、青い空はただ「青い空」のままで、「もしかしたら自分は、なんにもない、ただ青いだけの空を、無理矢理〝きれい〟と思い込もうとしているのかな?」などと、ちらっと思ったりもしました。「ただ青いだけの空」——どこに「美しい」を明確にする指標があるのかがさっぱり分からない「青いだけの空」を見て、「美しい」と断定するには、まだ経験が足りませんでした。

夏休みが来て、私は毎日外へ遊びに行きました。家でじっとしていることはほとんどなくて、一人でぼんやりしていることもほとんどありませんでした。「帽子かぶれって言ってるだろ！」と、母親が言ったって、知ったこっちゃありません。走り回るのに帽子なんか邪魔で、私は太陽の光を全身で浴びていました。雲を浮かべたり浮かべなかったりする青い空は、そのまま「青い空」という光の塊で、夏の金色の光は、そこからただ降って来るのです。私は、光を漲らせている夏の空を、体に突き刺さる紫外線として感じていました。紫外線が危険ではなかった、一九五〇年代のことです。

美しい光はジンジンと体に突き刺して、体の中に入って「幸福」となりました。ただ「青いだけの空」が美しいことに、もうなんの疑いもありませんでした。自分がそのまま、「青い空」になっているような気さえしました。そして夕焼けがやって来ます。その赤と金色の豪勢な光は、まるで一日の終わりを知らせる「声のない大歓声」のようでした。

「声のない大歓声」は子供達の叫び声を誘発して、夕焼けの下で金色の雲に向かって「わーッ!!」と叫ぶ時、夕焼けの美しさは、体の中で揺るぎのないものとなるのです。

「自然を見る曇りのない目」ということになれば、「純真な子供の目」ということになるのが通り相場でしょう。でも、「子供」だっていろいろです。

人間は、放っておいても「人間」にはなれません。そのことは、二十世紀末から二十一世紀初めの日本人のていたらくが証明しているでしょう。人間は、人間になるのです。「なる」という意志によって、人間は「自分という存在」を作るのです。子供が大人になるように、子供だってまた、子供になるのです。教育というものは、その前提を包み込むようにして存在するしかないものだと思います。

子供が夕焼けの中で喚声を上げていられる時代が終わって、人間の暮らしから夕焼けが遠くなりました。日本中のあちこちに高いビルが建てられ、町というところは、密集した建物で埋め尽されるようになりました。犇《ひし》めくビルを繁栄の指標とするような「経済」の自己顕示欲が、人の暮らしから夕焼けを遠ざけました。それは、以前と同じように人の上に現れ、でも、ビルを仰ぐことを日常としてしまった人間達は、もう夕焼けを目で追わなくなりました。夕焼けは、もう人の上に現れなくなったのです。

夕焼けの下で、人間が自分達の黒い影を目撃しなくなってから、夕焼けは、「一日を終わらせるための感動」という役割りを捨てました。夕焼けは、それを「美しい」と実感した人達の胸の中に残る「過去の映像」となってしまったのです。子供を子供として育て上げるために、「子供になる」ということを必須とする子供達のために、これほど有害な環境というものもないでしょう。

自然はありふれてあって、見上げればそこに「青い空」はあって、その青い空を「美しい」と思ったはずの人達が、その大切な実感を消滅させて行ったのです。人間の前から夕焼けが遠ざかって、「人間の一日は感動で終わる」という事実も遠ざかって行った時、「美しいを分かる」の大切さもまた、曖昧になって行ったのだと、私はそのように思っています。

第三章　背景としての物語

†嵐の雲を「美しい」と思った時

まだ夕焼けの美しさが実感出来ず、雲一つない空の青さに負い目を感じていた小学生の頃です。秋の台風がやって来ました。

空は曇って風が吹き、激しい勢いで雨が降り出して来ました。学校が午前中で終わった、午後のことです。家にいた私は「雨戸を閉めろ」と言われて、庭に面したガラス戸を開けました。雨は打ちつけるような音を立てて降っていますが、風はまだ南からのものではなく、南向きのガラス戸を開けても、濡れるということはありませんでした。「台風＝大変だ」と思い込んでいた私は、「あれ……」と思いながら雨戸を閉め始めました。そして、最後の一枚を二、三十センチ動かせば作業が完了するというところで、私は改めて外を見ました。

風に吹かれる雨が、時々雨戸にかかるようにもなりましたが、激しい雨は、どこかでまだ他人事です。雨の向こうの曇った空を、雲がすごい勢いで流れ飛んでいました。

雲は、「鈍色《にびいろ》」と言うのがふさわしいような灰色で、それが狂った野牛の群れのように犇《ひし》めき合って流れて行きます。雨は音を立てて降って、いかにも嵐です。ところが不思議なことに、一面の雲で低く覆われた空には、光さえ宿っています。幾重にも重なった雲の向こうにある午後の光が、犇めき合う雲の群れに、神秘的と言ってさえいいような輝きを与えているのです。あきれたことに、流されて吹き飛ばされるような雲の切れ間からは、金色の光さえもが洩れているのです。私は惘然《ぼうぜん》としました。これまでに、そんなに美しい雲の景色を見たことがなかったからです。それは、そうした状況を語る時によく使われる、「こわいような美しさ」ではありませんでした。ただ美しくて、雨戸の隙間から首を突き出した私は、「この世の中にこんなにきれいなものがあるんだろうか?」と思って、ただ眺めていました。

風はますます強くなって、しかも方向を一定させません。風に煽《あお》られた雨が、時々雨戸に「ザーッ!」と音を立てて降り注ぎます。空を見上げている自分が濡れることなんか一向に気にはならないのですが、雨戸の隙間から吹き込んだ雨が、縁側の板を濡らします。「これは怒られるな」と思った私は雨戸を閉めて、縁側の板を雑巾で拭きました。

雨戸を閉め切った部屋の中は暗くて、風に揺すられる雨戸がガタガタと鳴ります。雨の降りつけ方が強いのは、雨戸に打ちつける音で分かります。まさに嵐の中にいるのですが、私は別にこわくもありません。ただ、外の景色が気になるのです。「あの、すごくきれいな空の様子は、今どうなっているんだろう」ということばかりが気になって、部屋の中でじっとしていられません。幸い家族は別棟にいるので、ちょいとばかりへんなことをしても見咎められることはありません。雨音が雨戸を叩かない隙をうかがって、私は雨戸をそっと開けました。ちょっと開けて、またちょっと開けて、犇めく雲が群れ飛んで行く空を見ました。

庭の木は激しく首を振って、雨はあっちへ行ったりこっちへ行ったり状態で、不思議なしぶきの柱を立てては消し、立てては消しということを繰り返しています。目の前の庭の景色は「乱調」と言うのにふさわしい荒れ方なのですが、その遠い向こうの空は、打って変わったような静けさです。目の前の騒々しさを無視するように、雲は悠然と流れて行きます。それが「猛スピード」であることだけは変わらないのに、猛スピードの雲の群れは、悠然と静かに、遠い空の向こうを進んで行くのです。私は、その厳粛な美しさに撃たれました。「きれい……」と思って、光をなくした灰色の雲の群れが行進して行くのを、ぼーっとして見ていました。

子供の私が嵐の雲を見て「美しい」と思っていた理由は簡単です。子供の私にとって、嵐はちっとも恐ろしくなかったからです。だから、「こわいような美しさ」とは思いません。それはただ美しくて、そこに修飾語をくっつけるなら、「意想外の」しかありません。まさかそんな美しいものが、嵐の向こうにあるとは思わない――その「意想外の美しさ」にあきれて、私は雨戸の隙間から外を見ていただけです。こわいのなら、それを母親に見つけられて、「なにしてるんだ！　濡れるだろ！」と怒られることだけです。雨戸で暗くなった部屋の様子は、ただその不安感を伝えるだけです。見つかると怒られる。見つからなければ怒られない。それで私は、夕食前の時間、雨戸を叩きつける雨の音を聞いて、「今なら大丈夫」と思うたんびに雨戸をそっと開けて、空の様子を眺めていました。

灰色の空に濃い青の色が加わって、荒れ狂う嵐の空には、夕闇の美しささえも備わってしまいました。それがあきれるほどの美しさを見せていたのは言うまでもなくて、微妙な藍の濃淡が夜の暗がりの中に沈んで行くのを、私はぼーっとなって見続けていました。

†台風を「美しい」と思ってしまう人間の立つポジション

「嵐の美しさ」を言う人は、そんなにもありません。「美しい」と言われる前に、まず嵐は「被害をもたらすもの」だからです。「被害に遭った人のことを考えたら、とても〝美しい〟なんて言えない」の以前に、自分が被害に遭わないようにしなければならない。だから、「台風襲来」ということになったら被害防止の手を打たなければなりません。その対策のため、台風はあらかじめ隠蔽され、直視されないということです。

「雨が吹き込まないように雨戸を閉める」は、その一番単純な対策でしょう。密閉度の高い現在の住宅では、窓に雨戸やシャッターを持たない家は当たり前にあります。ところが、そんな家に住む人達でも、台風が来ると「カーテンを閉める」を当たり前にする人がけっこういます。家の中のカーテンを引いたって、なんの台風対策にもならない——ところがそれをする。「台風対策を取る」と、「台風を見ない」は、どこかで一つになっている。だから、台風が見えないまま、人は薄暗い家の中で、風が家を揺らし雨が激しく叩きつけるように降る音を聞くだけになる。夜の中を台風が通過することを報じるニュースが「人々は不安の中で一夜を過ごす」を決まり文句にしているのは、そのためです。

台風を「見る」ということになったら、間近に迫ってしまった大災害に立ち合わされる場合に限定されます。川が増水して堤防が決壊するおそれがあるから、出て見るとか。襲って来る災害に対して、人は見ないで回避しようとします。回避するのが一番いい策なのだから、回避する自分達が安全でいられるような策を取って、その後は見ない。子供の頃の私に「台風＝大変だ」の理解が備わっていたのはそのためです。

「台風がやって来る」となったら、まず雨戸が閉められます。薄暗い中で、子供の私は、目に見えない風の揺れや雨の音を聞きます。私の小さい頃に停電は当たり前のように起こりましたから、夜の台風は、家をきしませる風の音と、暗い中で揺れるローソクの炎です。「家の外には危険な事態がある」と教えるのが台風で、実際、少しでも外に出ればビショ濡れになります。「美しい」に結びつくものは一つもありません。そうなるものだと思っていて、でも、自分の目で見た実際の台風は、そういうものではありませんでした。それは、恐ろしくもなく、ただ美しいものでした。

そう思う私は、嵐の被害とはなんの関係もありません。家が吹き飛ばされる心配をするのは私の親達であって、私ではありません。強い風が吹き雨が降っている中に雨戸を少しでも開けていれば、そこが濡れてしまいます。濡れるかもしれないけれど、気にしなければ別にどうってことはありません。台風の雲の作り出す美しさに魅了されている私は、それをもちろん気にしません。気にしても、それ以上に「台風の空の美しさ」が気になります。子供の私にとって恐ろしいのは、台風ではなく、「台風の被害にピンとくることもなく、嵐の最中であるにもかかわらず戸を開けてぼんやり外を眺めているまぬけな息子」を発見することになる親です。台風は、家の中までピンポイントで怒鳴りに来ない。でも、外に対しては「いい人」を演じている親は、平気で家の中の子供を引っぱたく。子供にとって台風は、別に恐ろしいものではないのです。

だからもちろん、そこに「こわいような美しさ」という表現は登場しません。「こわいような美しさ」というのは、それを「こわい」と思うであろう作中人物＝読者の心理を念頭においた、作者による「心理＝情景描写」でしかないからです。

台風を「こわい」と思う人間はどこかにいるだろうけれど、現実に対する責任を全部他人に預けたまま、台風の空に「美しい」を発見してしまった私には、それを「こわい」と思う理由はありません。台風に対して「関係ない」というポジションを獲得してしまった子供の私は、台風をただ「美しい」と思うだけです。

その後も私は、台風の直接的な被害に遭ったことが一度もありません。おかげで、「台風＝関係ない」というポジションは、そうも揺らぎません。だから、夜中に通過する台風の雲を、窓を開けて一人で眺めていることもあります。さすがに寝静まった人の世界の上を遠く流れて行く嵐の雲は相変わらず美しくて、それを見ていると、「この世の一切は関係ないのかもしれないな」という気分にもなります。「台風＝大変だ」の、人にとって当たり前の利害関係を離れてしまうと、そんなことになるのかもしれません。

その一方で、昼の嵐の雲を見ていると、「こわいような美しさ」も実感されます。昼の嵐の雲の下には「人の世界」が歴然とあって、いつの間にか獲得してしまった「この空の下で不幸に襲われる人もいる」という知識が、私にも「不安」を教えるのでしょう。「昼の嵐より夜の嵐の方がこわい」と思う方が一般的であるのだろうとは思いますが、私の頭の中身は、どうも逆のようです。

†『徒然草』はなぜつまらないか

昭和が終わろうとする頃、私はＮＨＫのテレビから、『『徒然草』の現代語訳をやってもらえないか」という依頼を受けました。私の『桃尻語訳枕草子』が『マンガでよむ「枕草子」』という形で放映されて、それが終わった後で、視聴者から「今度は『徒然草』をやってほしい」という要望が多く寄せられていたというのです。

「やってほしい」と言うディレクター氏の要望に対する私の答は、いともあっけなくあっさりとしたもので、「『徒然草』ってつまんないですよ」でした。

私の言うことを「ふざけてる」と思うのか、あるいは「あいつに『徒然草』の現代語訳をやらせろ」という至上命令の下で、私の言うことなんかなんにも聞いていなかったのかもしれないディレクター氏は、「でも」と言って、いろいろな理由を付け加えました。

「『徒然草』は『枕草子』と並ぶ、受験生のための必読古典である」とか、「視聴者からの要望も多い」とか、更には、「視聴者にうける番組をやっていると、受信料の不払いを言い立てる人の数も減る」とか。そうまで言われると「しょうがねーなー」の気にもなるのですが、やっぱり私は、『徒然草』を「つまらない」と思うので、「でも、つまんないですよ」と言いました。それでも「是非に」と言うので、私は『桃尻語訳枕草子』の版元に電話をしました。なにしろ、その時点で私の『桃尻語訳枕草子』は、まだ完結していないんですから。

「上中下三巻で完結するはずのものを途中で放っぽり出して、『徒然草』なんかをやってていいもんだろうか」と、私は一応思うのですが、私もいい加減なら、私の担当編集者もいい加減で、「それもいいなァ」などと、とんでもないことを言います。それで私は、やりかけていた『桃尻語訳枕草子』の続きを止めて、後に『絵本徒然草』として単行本化される原稿を書き始めることとなるのですが、それを原作とする『マンガで読む「徒然草」』の放映が開始されて一カ月ばかりたったところで、件のディレクター氏から電話が入りました。果して彼は、「どうしてつまんないんですか?」と言うのです。

「だから、初めっから〝つまんない〟って言ってるじゃん」と、私はその理由を説明し、私の言うことを(やっと)了承した(らしい)ディレクター氏もうなずきはするのですが、「であっても、つまらないことには変わりがない」というので、私はテレビに出て、「『徒然草』をあまり〝つまらない〟と思わないように」という話をさせられるのです。

それでは一体なぜ、『徒然草』はつまらないのでしょうか? もっと正確に言えば、「『枕草子』をおもしろいと思う人」にとって、どうして『徒然草』はつまらないのか?

理由は簡単です。『枕草子』を書いた清少納言が「時代の中に生きた美の冒険者」であるのに対して、『徒然草』を書いた兼好法師が、「時代の中に生きなかった美の傍観者」であるという違いです。

だから、兼好法師は出家してしまう。なにしろ『徒然草』は、「隠者の文学」なのです。同じ知性の持ち主が二人いて、一方が「おもしろいことを体験した人間」で、もう一方が「おもしろいことを体験しなかった人間」であるならば、どっちがおもしろいかは、分かりきった話です。

パーティに出ることが当たり前で、その社交生活の中で好き勝手なことを言ってうけている女の書いたエッセイ集が、たとえばの話、『枕草子』です。それを読んで、「これこそがおもしろい」と思った人間が、どうして「パーティに呼ばれることもなく、毎日の退屈さに苛立っているような男」の書いたものを「おもしろい」と思うでしょうか？　なにしろ『徒然草』は、「つれづれなるままに日くらし硯にむかひて、心にうつりゆくよしなし事をそこはかとなく書きつくれば」です。「退屈で退屈でしょうがないから一日中硯に向かって、心に浮かんで来るどーでもいいことをタラタラと書きつけてると」です。パソコンに向かって、一日中意味もないメールを打ち続けているようなもので、その結果は「あやしうこそものぐるほしけれ」――つまり、「わけの分からない内にアブナクなってくる」です。「書きたい」という衝動はあるけれど、「書くことがない――それを前提とする人間の書いたものが、どうして「おもしろい」になるでしょうか。なるわけがありません。

『徒然草』が『枕草子』と並ぶ「古典学習の基本テキスト」になってしまうのは、この文章が圧倒的に分かりやすいからです。でも、「文章の分かりやすさ」だけで教科書に載っているものは、「おもしろい」でしょうか？　答は言いません。でも、「分かりやすい文章を書けるだけの知性」を持ったこの作者のスタート地点は、「書くべきことがない」なのです。だから私は、「『枕草子』をおもしろいと思う人にとって、『徒然草』はおもしろくない」と、断言をしてしまうのです。

後に兼好法師となる卜部《うらべ》兼好《かねよし》は、鎌倉時代末期の中下級貴族です。華やかなところはなにもありません。王朝文化は、もう滅んだ後です。そして、もし王朝文化が華やかな頃に生きていたとしても、決して華やいだところはなかったでしょう。なぜかと言えば、彼は身分の低い貴族――国家公務員でしかないからです。そして更に、もしも彼が身分の高い貴族だったとしても、彼には華やいだところはなかったでしょう。彼自身に華やぎが宿っていたとしても、彼の書く文章が「おもしろいもの」になっていたとは思えません。なぜかと言えば、平和な時の日本は、みんな管理社会になってしまうからです。管理社会の中に生きる国家公務員のどこに「華やぎ」が宿るでしょうか？　兼好法師のポジションは、日本の男のあり方そのもののようなものです。

男は、平和の中で管理社会を作る。その中で、そこそこ以上の取り分を得ることで満足をする。満足をしない男は、「出世」という野心を抱く。抱いてまた、管理社会の上を目指す――そして、管理社会は管理社会のままで変わらない。

平安時代の貴族は、みんな「国家公務員」で、「国家公務員＝貴族」であることの根本は、「生まれつき」です。「いい家」に生まれれば「いい身分」になり、「いい家」に生まれなければ「いい身分」にはなれない。息子の出世の上限は「父親の得た身分」で、それをわずかでも越えられれば上々ですが、そのわずかに越えられたものが、その子供の代になれば、また「子供の得る上限」になる。その上限を越えることは「稀なこと」で、上限に届けば「上々」――私の言ってることは微妙に矛盾していますが、これは管理社会にありがちの矛盾で、「矛盾」とは「希望」の別名です。そのように解釈するのが管理社会で、であればこそ、管理社会は管理社会として安泰です。だから当然、ここに生きる男達に「華やぎ」は宿らない。なぜかと言えば、そこにあるものは「身分相応のらしさ」だけだからです。

身分の高い家の男は、「身分の高い家相応」を装います。それは「華やぎ」ではなくして、「相応を演じるための義務」です。はたの目がどうであろうと、社会の中で「自身に与えられた相応」を演じるだけの男に、「華やぎ」の実感はありません。卜部兼好が王朝の社会で「高い身分」を与えられていたとしても、そこに華やぎはなかったろうと言うのは、そのためです。王朝の貴族の男達はいくらでも日記を書いていますが、それは「文学」として扱われません。王朝の時代のありようを記録する「史料」として存在します。女達の書く日記が「文学」として扱われるのとは大違いですが、男達の書く日記は、「あってしかるべき〝らしさ〟」――つまり、儀式性を記録するものだから、仕方がないのです。

男達はそのようにして、管理社会の根幹となる「らしさ」を支えて生きていますが、女達は違います。「身分の高い男と結婚する」という手段が与えられている女は、管理社会の枠組を平気で逸脱します。だから、自分の家より家格の高い男と結婚する可能性を持つ娘に対して、父親は当たり前に敬語を使います。なぜそういうことになるのかと言えば、王朝文化の平安時代が、「天皇に后《きさき》を贈る家筋」として定められた摂関家を頂点とする、ピラミッド構造になっているからです。

貴族社会の男達はこの構造を守り、女達は、その外側にかけられた梯子を登って、自分の一族と上との間のパイプ役になる。女性の存在がそのように貴ばれたか、あるいは定められて、男の社会とは別の「女の社会」を作り、そこに働くキャリアウーマンを必要とするようになる――清少納言を典型とするような「女房」がそれですね。

清少納言の本名は分かりません。清原氏の女で、「少納言」という官職が相当するような身分の女だったから、「清少納言」と呼ばれた。「少納言」というのは、決して高い身分ではありません。男の世界なら「中流の下」です。ところが、そのエスプリ――あるいは物怖《ものお》じしない図々しさを評価された彼女は、あちこちの邸に女房として出勤し、ついには一条天皇の后である藤原定子《ふじわらのていし》に仕えるようになった。天皇や皇后の日常生活の中にいて、身分の高い男達と平気でタメロをきける――男なら絶対にありえないようなことが、女の彼女には起こった。

彼女が得意になるのは当然で、彼女の書いた『枕草子』には、その得意さと自信が満ち溢れている。そして、「中流の下」からやって来た彼女は、その「職場」である最上流の世界をほめそやす。男の目からすれば「記録すべき儀式性」であるものが、彼女の目には「賛嘆すべき美の塊」になる。清少納言の書いたものを見て、「女にはそういう役割があったのか」と、藤原道長は思ったのかもしれません。定子のライバルになる自分の娘彰子《しょうし》のために、紫式部という女房を雇った。「そういう役目」とは、「上流階級のありようを誉めたたえて、その生活を維持する男の権勢をアピールする役目」です。

上流階級の男は「上流階級のありよう」に従って、自分達の生活を成り立たせている。そこにある力をアピールして自分の権勢を誇示しようとしても、管理社会の男達は、それを「権勢の人に当然のありよう」としか記録しない。しかし、中流から上流にやって来た知性ある女は、その生活の素晴らしさに恍惚として、「これでもか」と誉めそやす。中流の社会からやって来た彼女達は、最上の美の世界で遊ぶ冒険者になり、彼女達にはコピーライターの性格さえも宿る。卜部兼好――兼好法師は、それから三百年近くたって現れた、王朝世界の末裔ですね。

もはや、王朝の世界は見るかげもない。平家政権が出来、鎌倉幕府が出来、それが滅んで、京都の朝廷は二つに割れてしまう。天皇家と、それを取り巻く貴族の社会はガタガタになっていて、時代の主役は武士になっている。卜部兼好は貴族社会の住人で、天皇に仕える蔵人《くろうど》になっている。

中流からやって来た女・清少納言は、天皇に仕える蔵人を誉めたたえている。階層的には「中流」でしかない男が、天皇の給仕役である蔵人を勤めることによって、華やかな存在になっている——これが、清少納言が蔵人を持ち上げる最大の理由で、清少納言は、蔵人というポジションに、「皇后に仕える自分」と同じものを見出だしているわけです。

清少納言の時代に、「蔵人」とは輝かしいものだった。しかし、「王朝の栄華」を欠いてしまった卜部兼好の時代に、「蔵人」というものは、王朝世界の下級官僚でしかない。それだけなら別にどうということもないけれど、卜部兼好は、「王朝の栄華」を語る『枕草子』を読んでしまう。

清少納言の生きている時代に、卜部兼好のようなポジションの男が『枕草子』を読む理由はなかった。それは、仮名文字で書かれた「俗なエッセイ」でしかないし、清少納言が生息する上流階級の中でしか流通しないはずのものだから。ところが、その垣根を作る「王朝の栄華」は廃れた。卜部兼好は、伝えられた『枕草子』と同じ世界に住む、王朝世界の住人だった。彼はそれを読んで、王朝の美の世界を知る。彼はその世界を共有しうる立場にいるはずなのだけれども、彼の周りにその世界はない——それは、もう三百年も近く前に終わってしまったものだから。

その「美の世界」を知ってしまった彼は、決してその世界の中に入って行くことは出来ない。彼は、「終わってしまった美の世界」の傍観者になるしかない。彼は、その世界の当事者ではないからです。そんな彼の書いたものを、『枕草子』を読んでおもしろがった読者達が、「おもしろい」と言うわけはありません。『徒然草』には『徒然草』で、別の存在理由があるのです。

†清少納言に傷つけられた男

こんな言い方をする人はおそらくどこにもないだろうと思いますが、卜部兼好――兼好法師は、「清少納言に傷つけられた男」です。『枕草子』の読者に「つまらない」と言われてしまえば、なおのことそうです。「『徒然草』の現代語訳をやってほしい」と言われて、即座に「つまんないですよ」と言ってしまう私がやるのだとしたら、そこから始めるしかありません。私にとって、『徒然草』の作者は、清少納言に傷つけられた男なのです。

「折節の移りかはるこそ、ものごとにあはれなれ」で始まるのが、『徒然草』の第十九段です。移り変わる四季の情趣、あるいは「美」を論じることで有名な章段ですが、ここに『徒然草』の作者の特徴はよくあらわれています。論の性質上、話はまず「春の美」で始められるはずですが、この作者はこう始めます――。

「〝もののあはれは秋こそまされ〟と人ごとに言ふめれど、それもさるものにて、今ひときは心浮き立つものは春の気色にこそあめれ」

「人は〝秋がいい〟と言うけれど、春もいいでしょう」です。他人の言う一般論を前に出して、その後で自分の見解を述べる――『徒然草』では当たり前の論法ですが、清少納言はそんなことをやりません。いきなり、なんの根拠もなく「春は曙」と断定してしまう彼女は、なにがなんでも「まず自分の意見」です。その後で、「そう思わない人もいるかもしれないけれど」と、他人の一般論を、出す時には出して、でもその後で「でも、やっぱり——」と、自分の意見で押し通します。あるいは、それをするのが清少納言の個性で、それをしないのが『徒然草』の作者の個性なのかもしれませんが、事はもう少し複雑なものを含んでいるだろうと、私は思います。

さて、「今ひときは心浮き立つものは春の気色にこそあめれ」と言った後で、『徒然草』の作者は「心浮き立つ春のさまざま」を書くわけですが、それが、どうもあんまりおもしろくありません。

「鳥の声などもことのほかに春めきて、のどやかなる日影に垣根の草もえ出づるころより、やや春ふかく霞みわたりて、花もやうやう気色立つほどこそあれ、折しも雨風うちつづきて心あわたたしく散り過ぎぬ。青葉になり行くまで、よろづにただ心をのみ悩ます」

鳥の声も春めいて、のどかな光の中で垣根の草が芽を出す頃になると春も本格的になって、桜の花も開き始めるのだが、ちょうどその頃には雨が降ったり風が吹くことが多いので、桜の花も慌しく散って行って、葉桜の時までやきもきさせられることが多い——つまりは、春の一般論で、総論で概論で、「秋に対して一際浮き浮きするのは春だ」という啖呵《たんか》を切った人の文章とも思えません。文章のリズムも、どこかで覚えがあるようなものです。作者はこの後に「新緑の頃」

「五月」「六月」「七夕から始まる秋」と、メモランダムのような短い「季節の風景」を列記した後、「台風の朝の風情――また野分の朝《あした》こそをかしけれ」と書いて、「もののあはれは秋こそまされ」とされる「秋の情趣」を終わらせます。そこに書かれるものは、「春から秋にかけての、ありがちな王朝美学の情景レポート」のようなもので、取り立てての特徴はありません。つまりは、「つまらない」のです。作者もそのことはよく知っています。知って、自身にそれを語ります。『徒然草』第十九段を特徴づけるのは、作者の語るその「特徴のなさ」です。

「言ひつづくれば、みな源氏物語、枕草子などにことふりにたれど、同じ事また今さらに言はじとにもあらず。おぼしき事言はぬは腹ふくるるわざなれば、筆にまかせつつ、あぢきなきすさびにて、かつ破《や》り捨つべきものなれば、人の見るべきにもあらず」

「自分の書くことは、既に王朝の女流達によって言い古されている。でも書きたい。書きたいから書く。一人で書いているだけだ。他人に見せるつもりはないんだから、書いていてもいいはずだ」ですね。

この第十九段の構成は、『枕草子』の影響を強く受けています。あるいは作者は、「自分なりの『枕草子』を書こう」と思ったのかもしれません。ところが、書き進める内に、自分の計画がどうにもうまく行っていないことに気がついた――「これは、既に言われていることをなぞっているだけだ」と。

でも書きたい。もう書いてしまっている。だから、自分の書いたものをなんとかして肯定したい――そのにっちもさっちも行かない矛盾があらわになって、作者は半泣きになっている。それが、「かつ破り捨つべきものなれば、人の見るべきにもあらず」でしょう。

†払拭されない「影響」は「害」になる

卜部兼好――兼好法師は自分のオリジナリティのなさを嘆いて（あるいは呪って）いますが、果して問題はそれだけなんでしょうか？　たとえば、「五月」「六月」の記述を見てみましょう。

「五月《さつき》、菖蒲葺《あやめふ》くころ、早苗とるころ、水鶏《くひな》のたたくなど、心細からぬかは。六月《みなづき》のころ、あやしき家に夕顔の白く見えて、蚊遣火《かやりび》ふすぶるもあはれなり。六月祓《みなづきはらへ》またをかし」

旧暦の五月は梅雨の頃です。「菖蒲葺く」は、五月五日の端午の節句をあらわします。水鶏《くいな》は、梅雨の田植えの頃を代表する鳥です。「心細し」を、私は「やるせない」と訳しますが、「端午の節句があって田植えが始まって水鶏の鳴く五月はやるせない」というのが、『徒然草』の作者による「五月」です。「あやしき家に夕顔の白く見えて」が、『源氏物語』の「夕顔」の巻を踏まえていることは確かでしょう。「六月祓またをかし」という表現は、『枕草子』の「夏は夜。月のころはさらなり。闇もなほ。蛍の多く飛びちがひたる。また、ただ一つ二つなどほのかにうち光りて行くもをかし」を連想させます。「六月祓」は、「夏越《なごし》の祓」として今でも続く行事です。旧暦の六月の終わりに、「夏が無事に終わった」として、その後も続く暑さの中での健康を祈ります。『源氏物語』のイメージと夏の最後の行事」が、『徒然草』の作者の「六月」ですが、この「五月」「六月」は、果して『源氏物語』や『枕草子』が言い古した記述なんでしょうか？

この記述が『源氏物語』や『枕草子』の影響下で成り立ったのは言うまでもありませんが、この陳腐さはそれ以前です。紫式部はともかくとして、清少納言なら、「あたしがいつそんな陳腐なこと書いたっていうの？　失礼しちゃうわね」と怒るでしょう。『徒然草』の作者の書くことは、浅い歳時記的な知識がありさえすれば誰にでも書けることで、特別な美的センスを必要とすることではないのです。兼好法師の時代にまだ「歳時記」というものは存在しませんが、「どこかの本に書かれていることをそのまま引き写した学生のレポートみたいだ」と私が言うのは、そのためです。

『徒然草』の作者は、既知の常識を並べ立てるだけで、「自分の目で見たこと」を書こうとはしません。「菖蒲葺くころ、早苗とるころ、水鶏のたたくなど」がやるせないとして、そのどこが「やるせない＝心細し」になるのか――。それを具体的に書こうともせず、「心細からぬかは」と、反語を使った力説でごまかしています。それを、具体的に彼がどのようにやるせなく感じたのか――彼が列記することにはどのようなディテールがあって、それがどのような感動をもたらしたのか。これを書かなかったら、書く意味がありません。「六月祓またをかし」も同じです。ただ

「またをかし」なら、ここに「六月祓」を登場させる理由はないのです。「私はこう見た、私はこう感じた」を書けば、「みな源氏物語、枕草子などにことふりにたれど」にはならないはずです。不思議というのは、この作者がそれをせず、「でも書きたい」をしつこく主張していることです。なぜでしょう?


『徒然草』の作者は一つの間違いをしでかしています。それは、「自分の書きたいことはなんなのか」を考えていないことです。

「折節の移りかはるこそ、ものごとにあはれなれ」として筆を起こし、それを説明する物事を列挙する内に、彼は、自分の書いているものが『源氏物語』や『枕草子』の真似でしかないことに気づいた。それを認めても、彼には「書きたい」という衝動がある。自分のその衝動を肯定して、彼は怒っている——「書きたいんだから書く、それでいいんだろう」と。「人の見るべきにもあらず(見なくてもいい!)」と言ってしまっている点で、彼の衝動の強さは分かりますが、彼が「なに」を書きたいのかはよく分からない。

「自分の書きたいことは既に書かれている」と自覚するのはいいですが、それがいやなら、「既に書かれていないこと」を書けばいい。彼がそれをしようとして、その末に「自分の書いたことは他人のエピゴーネンだ」と気がついたのなら、彼の嘆きも理解出来ますが、彼の書いたことは、その初めから「ありふれた陳腐」なのです。「今ひとときは心も浮き立つものは春の気色にこそあめれ」と、係り結びの強調まで使っておいて、その「春の気色」の中で彼が直接に発見したのは、「のどやかなる日影に垣根の草もえ出づる」だけです。自分の家かどこかで、春の光がおだやかに当たっている垣根から草の芽が出ているところを、彼は直接見たのです。だから、そのところにだけはリアリティがある。あるのはそこだけで、残りの部分は「春に関する常識」です。「新緑の時」も「五月」も「六月」も「秋」も、みんなおんなじです。

彼は、自分が直接に見聞きした――そして感じたことを書きたかったのではなく、「自分の頭に入っている季節の知識」を書きたかっただけなのです。だから、具体性がありません。そして彼は、自分の犯した過ちに気がついていません。だから、「自分の書いたものはオリジナルじゃない」と言って、怒り嘆くのです。彼の怒りは、「自分より先に紫式部や清少納言が、自分の書きたいと思うことを書いてしまったのがいけない」というのに近いのですが、そんな怒り方をする彼は、自分が「紫式部や清少納言が書いたようなことを書こう」と思っていることを、自覚していないのです。

彼の書いたものが『源氏物語』や『枕草子』に似てしまったのは、彼が『源氏物語』や『枕草子』に似たものを書こうとしたからです。その初めは、「先人の書かなかったことを書こう」であったかもしれないのに、いつの間にか「先人の書いたようなことを書こう」に変わってしまっている。そのことに気がつかないから、自分のオリジナリティの欠如を嘆かなければならない。すべての元凶は、彼が「なに」を書くかを明確にしなかったことにあるのです。

『徒然草』の作者の気づくべきことは、「自分は『源氏物語』や『枕草子』の影響を強く受けていて、その影響からまだ脱していない」ということです。脱していれば、「自分の書くものにオリジナリティはない」などと嘆く必要がありません。影響を受け、その影響下にあることを無意識的に「よし」としているから、「自分の書いたものはもう言い古されている」などと思うのです。


既に言いましたように、人間は自分の「存在」を作ります。作らなければなりません。だからこそ、人に影響されます。影響されるのは簡単なことです。あるいはまた、必要なことです。「影響される」がもっと強ければ、「魅了される」になります。『徒然草』の作者は、『源氏物語』や『枕草子』に魅了されていたのです。魅了される理由――あるいは、魅了される必然は、既に言いました。それは、とうの昔に滅んでしまった、彼の生きる「本来」だったのです。

作家志望の人間が、作家になったつもりで――あるいは作家になるつもりで、書く。その時に起こりやすい間違いは、「既成の作家の書くようなことを、既成の作家が書くように書く」です。自負心の強い人間なら、「既成の作家のように」はせずに、「自分に影響を与えた作家のように」

を選択するでしょう。そして、自分のオリジナリティを失う。失ったことに気がつく人もいるけれど、失ったことを気づかない人もいる。自分が、自分を魅了するような存在と一つになっていると思って喜ぶ――『徒然草』の作者に起こったのは、これと同じことです。

魅了され、影響されたものと一つになるような、同一化への道を歩く――これは、「カッコいいと思った人間の真似をして、自分もカッコよくなったと思う」というのと同じです。当人は「カッコよくなった」と思っている。でも、はたから見たら、それは「似合っていない」でしかないかもしれないのです。

「影響を受ける」というのは、「落とし穴に落ちる」と同じです。落とし穴に落ちるのは簡単です。うっかりしていれば、すぐに落ちます。落ちたら、落とし穴から出なければなりません。出るのには「努力」がいります。「自分の存在を作る」とは、いつの間にか落ちていた落とし穴から出るということで、努力がいります。影響を受けたら、その影響を払拭する努力をしなければなりません。それをしないのは、「カッコいいと思った人間の真似をして、自分もカッコよくなったと思う」と同じです。これをもっと酷い言葉で言えば、「自分の存在が醜くなっているのに気づかない」です。

「自分」という存在は自分で作るもので、他人の影響力に従属するのは、信仰の世界です。信仰は「その宗教」という枠組の中でだけ成り立つもので、その信仰が必要な人にとってだけ必要なものが「信仰」です。信仰に必要なものは「敬虔」で、しかし、「人を超越したもの」をその中心に置く信仰のパラドックスは、「人でありたければ、〃人を超越した〃とされる架空のものの影響力から出なければならない」を、暗黙の必然とすることです。「子供におとぎ話は必要だけれども、子供から脱するためにはおとぎ話から離れなければならない」というのと同じで、理性を育ててしまった人間は、宗教から脱する方向へ進むしかないのです。

†人はなかなか自分の独自性に気がつかない

私が『徒然草』の作者を「清少納言に傷つけられた男」と言うのは以上の理由からですが、しかしこの人は、なかなか不思議な人です。自分の書くものが王朝女流のエピゴーネンになっていることに気づいて、「かつ破り捨つべきものなれば、人の見るべきにもあらず」と嘆き怒って、そこで筆を擱《お》きません。行くところまで行って半泣きになって、そこから自分の独自性を発揮することになります。「人の見るべきにもあらず」と書いて、その後に「さて」と書いて、そこから『徒然草』は、不思議な展開を見せるのです。「さて、冬枯の気色こそ秋にはをさを劣るまじけれ」という、冬の記述の始まりです。

「汀《みぎは》の草に紅葉の散りとどまりて、霜いと白うおける朝《あした》、遣水《やりみづ》より烟《けぶり》の立つこそをかしけれ」

この冬の初めの光景は、彼のオリジナルです。描写がいたって具体的です。どうしたことでしょう——と言うよりも、エピゴーネンである自分を認めてしまって、ついに自分のオリジナルを書かざるをえなくなった結果でしょう。書かざるをえなくなって、彼は書いてしまった。書こうとすれば書ける人なのですが、『徒然草』の作者の不思議さ——あるいはオリジナリティは、そこから始まります。というのは、彼の書いた「冬の情景」が右の一文だけだからです。

『徒然草』の第十九段で「冬」に関する記述は、全体の三分の一以上あります。量的には他の季節を圧倒しています。「冬」の記述が多い理由は、かなり逆説的ですが、「冬の美」を語る例が、他にあまりないからです。花の咲く季節ではない。木の枝は葉を落としている。特徴的なのは「寒さ」と「雪」と「氷」で、冬は「美の季節」からはずれている。だからこそ、冬の最後の十二月の月は、「見る甲斐がない、見るべきではない」という扱いを受けています。「冬の美」を語って「これぞ」というお手本がないから、語るとなったら、彼自身のオリジナルを作るしかないのです。

それで、「汀の草に——」という、自分自身で発見した情景を書いた。そして、そんな風に自分自身のオリジナルを書いたら、「自分の書くべきこと」が見えたのかもしれない。もしかしたら、「自分は自然世界の美を書くのに向いていない」と考えたのかもしれません。だからその後には、彼自身が発見したオリジナルな題材が続きます。

『徒然草』の作者が発見したオリジナルな題材は、「年の暮れはてて人ごとに急ぎあへるころぞ、またなくあはれなる」に始まる、「年末」という時期の「人の世界のありさま」でした。これを書くことによって、『徒然草』の作者は、「終わってしまった王朝の美」とは一線を画した、「人の世界のありようを書く作家」となったのです。

『徒然草』は「王朝の美学」を語ることに挫折した男による、日本で最初の「人間世界」を語るエッセイ集です。気がつけば「王朝の美学」はもう遠く去っていて、自分の目の前には「美」を欠いた雑な「人間世界」があった。つまり、「現実に目を向けた」です。卜部兼好が世を捨てて、兼好法師という出家者になったのは、その点で重要でしょう。卜部兼好が所属するのは「王朝の社会」で、その所属をそのままにしておけば、卜部兼好は「終わってしまった過去につながれた男」になってしまいます。彼にとっての「世を捨てる」は、「終わってしまった王朝の幻から離脱する」で、そのことによって彼は、彼の周りに広がる「王朝以後の世界」の住人になったのです。『徒然草』の第十九段は、そんな彼のあり方を無意識的に語るものでしょう。

「あきらめが肝心だ」という言葉は、言うのが簡単で、言われる当人にとってはしんどいものですが、「あきらめ」がなぜ肝心なのかと言えば、人というものが「方向違いの学習」をして、自分とは不似合いのスタイルを獲得してしまっていることになかなか気づかない生き物だからです。これで、「自分の独自性を探す」とか「持つ」ということは、なかなかにむずかしいことなのです。

†「日本の中年男」の原型

もしかしたら兼好法師は、「美しいが分からなかった男」かもしれませんが、私としてはあまりそう言いたくはありません。それ以前に彼は、「美しいから遠かった男」なのです。

遠いから憧れる——憧れて、それが自分にふさわしいものかどうかに気がつかない。気がついた時に、「憧れ」は捨てないけれども、「自分に不似合いな美」は捨てている。「美」の中心を周りながら、どこかに「美の空白」があって、それが「美への渇仰」を作り出している、『徒然草』の不思議な性格は、そこから生まれているのでしょう。

『枕草子』で清少納言は、「木の花は」と書き（第三十四段）、さらには「花の木ならぬは」と書きます（第三十七段）。

「木の花は、濃きも淡きも紅梅。桜は、花びら大きに葉の色濃きが、枝細くて咲きたる」

「花の木ならぬは、楓、桂、五葉《ごえふ》」

清少納言は、そういうものが好きなんですね。自分が好きなものは「いい」——だから当然「美しい」。「好き＝いい＝美しい」が成り立っているから、「木の花は、濃きも淡きも紅梅」とだけ断言して、その後にはなんにも言わない。紅梅が「いい」のか、「魅力的」なのか、あるいは

「美しい」なのか——清少納言が書かなかった言葉をあれこれと推理して、研究者は「欠けた言葉」を補おうとする。その欠けた言葉の持つ性格が、『枕草子』に特徴的な形容詞「をかし」の正体だと考える。でも、清少納言は、その件に関してなにも言っていないのです。ただ、「木の花は——紅梅」と断言し、提出するだけです。有名な「春は曙」も同じです。それですんでいるのは、「好き＝いい＝美しい」が彼女の中で成り立っているからです。「私が〝好き〟と思うものは〝いいもの〟であり、〝美しいもの〟だ」と断言する権利が、清少納言には与えられているのです。

それでは、誰がその権利を彼女に与えているのでしょう？　もちろん、誰も与えません。彼女は、当時の最上流の社会にいることが許されて、その社会を構成する人間達は、彼女の才知や感覚を評価している——そのことを踏まえて、「私には美を判断する権利がある」と、自分で自分にその特権を許しているのですね。

でも、兼好法師にそんな権限は宿りません。彼の資質以前に、彼の時代状況がそれを不可能にします。鎌倉幕府が滅び、南北朝の対立で揺れる時代には、「清少納言における摂関家」のような、他に卓越した「最上流の社会」はありません。あるのは、古い基準に従って没落への道を辿ろうとしている王朝の貴族社会と、社会の動乱の中で浮上して来た、なんにも知らない武士達です。そこで、『徒然草』の作者は、不思議な論を立てるのです。

清少納言は、「木の花は――」「花の木ならぬは――」と論を立てましたが、『徒然草』の作者は、「家にありたき木は――」と来るのです（第百三十九段）。

「家にありたき木は、松、桜。松は五葉もよし。花は一重なるよし」

「家にあってしかるべき庭木は、松と桜。松は五葉《ごよう》の松でもいい。桜の花は一重なのがいい」――ほとんど、庭作りのマニュアル本の記述です。この後に、「こういう桜はいけない」という記述があって、「梅ならこういうものにしろ」「その他のお奨め庭木」と来て、「草は、山吹、藤、杜若《かきつばた》、撫子」と続きます。ただ断定の羅列ばかりだと清少納言の文章みたいですが、兼好法師の文章で、重複を避けるために「よし」が省略されていることは歴然です。

『徒然草』が書かれた時代には、京都に邸を構える人が多かった。だから、庭木に対するガイドも必要だった――つまり、その時代に京都に邸を構える人は、なんの知識もなかった。だから兼好法師は、「いい、悪い」を明言する。「草は、山吹、藤、杜若、撫子」と書く兼好法師の中に、「私は山吹と藤と杜若と撫子が好きだ。好きだからいい。美しい」という展開はありません。兼好法師がこれらのものを「庭に植えるのにいい」とする根拠は、「無難だから」なんです。だから、この「男のためのガーデニング」を説く第百三十九段の結論は、こうなります――。

「おほかた、何も珍しくありがたき物は、よからぬ人のもて興ずるものなり。さやうのもの、なくてありなん」

「大体、どんなものでも珍しくてめったにない物は、ろくでもない人間のありがたがるものだ。そんなものはなくてもいい」です。つまりは「無難が一番」で、だからこそ、「家にありたき木は、松、桜」という冒頭のシンプルが出るのです。

兼好法師の説く美意識はいたって保守的なものですが、そのことは直接に、「兼好法師の美意識は保守的だった」という事実と結びつきません。兼好法師は保守的な美意識の持ち主だったのかもしれないけれど、それとは別に、兼好法師の周りには、「なんにも知らないくせに珍奇なはやり物に飛びつく人種」がいくらでもいて、「こういうやつらを野放しにしとくとろくなことにはならない」と思う兼好法師が、あえて「無難が一番」という保守を説いていた側面の方が大きいからです。

兼好法師のいた時代は、中国から新しいものがいろいろと入って来る時代です。そうして、「唐物《とうぶつ》」という室町時代のブランド信仰を作る。一方では、「婆娑羅《ばさら》」という男のアヴァンギャルド・ファッションも登場する。でも兼好法師は、そういうものに目を向けない。平安時代の清少納言が、「鳥は」と言って、その後にいきなり「異《こと》どころのものなれど鸚鵡《あうむ》」と言い切ってしまうのとは、大違いです。

「私はオウムが好き。日本の鳥じゃないけど、言葉を喋るのよ、すごいじゃない」と言い切ってしまうのも、王朝の美意識なのです。つまり、「才知ある人間の言うことなら、珍奇なことでも受け入れる」です。

「平安時代には、文化を享受する人のレベルが高かった。しかし、今の時代にはろくでもない人間の方が多い。だったら、説くべきことは〝無難が一番〟だ」と考えるのが、兼好法師です。

兼好法師だって、「オウム」的な珍奇なものと接する機会はあったでしょう。でもそれは、もう兼好法師には遠かった。「オウム」的なものを珍重する人達を見て、兼好法師は「似合わねー」と思った。

流行から遠ざかり、「無難が一番」に徹し、「無趣味」とか「センスが悪い」以前に、「センスがない」と思われている「日本のお父さん」の原型が、兼好法師です。「ほんとにもう、あんただって少しはオシャレをしたら」と言って、アウトレットで派手なブランド物を買って亭主に着せたがる「日本の女房」の原型は、清少納言でしょう。「日本のお父さん」がなにを考えているのかは知りませんが、私はそこら辺のことを頭に置いて、兼好法師のことを、「清少納言に傷つけられた男」と言ったりもするのです。

清少納言的な女と兼好法師的な男が結婚した――その結果が、「現代日本の平均的な中流夫婦像」となっているのかもしれません。

「中流の下」から「最上流の社会」に籍を置くことになった清少納言の目は、決して自分の本来的な所属である「中流以下の人」に対して、やさしくはありません。辛辣で残酷で容赦がなく、その点で『枕草子』は、日本で最初の「悪口雑言エッセイ」にもなっています。なぜそうなるのかと言えば、「最上流の社会」に籍を置き、彼女の目からすれば「美」以外のなにものでもない人達のありようを見ていた彼女にとって、自分が本来居住する「中流以下」は、嘘臭くて偽物で、美しくなかったからです。

「私はそれを許さない」として、清少納言は平気で「中流の欺瞞《ぎまん》」を衝きますが、その激しさは、自分の居場所が曖昧になってしまっていることの不安を抹消したいと思う激しさと重なるものかもしれません。

清少納言は、「最上流ならざる中流」を許さず、その「最上流」が崩壊してしまった後の時代に生きる兼好法師は、かつての「中流以下」を容認するしかない。「珍奇なはやりもの」に走る美意識の欠如を憎んで、しかし、「珍奇なはやりものに走らざるをえない階層」を、兼好法師は拒絶しません。だから、「家にありたき木は——」という、啓蒙の筆を執るのです。そんな兼好法師を、きっと清少納言は好きではないでしょう。「兼好法師的な男しかいないから」というのが、もしかしたら、清少納言的な女の「結婚しない理由」かもしれません。「どこがおもしろいのかよく分からない」と言われてしまう『徒然草』が、『枕草子』と並ぶ「古典の二大必須教材」となってしまうのは、その文章の分かりやすさとは別に、「教育」というものを担当する男達の多くが、兼好法師の言うことに共鳴せざるをえない「中年男」であるという、そんな理由も隠されているのかもしれません。

†「無難」に埋没する男

兼好法師は、日本で最初に登場した、「中流的で平均的な日本の中年男」でしょう。「美しい」が分からないわけではない。「美しさ」への自負心もある。その「知識」だけはあって、でも気がつくと、いつの間にか「美しい」とは遠いところに来てしまっている。だから、自分が「美しい」を分かるのかどうかが、根本で危うくなりかかっている。「美しさ」への自負心——「自分にはそれが分かる」という、自分自身への自負心が、いつの間にか、「無難が一番」という社会的な調和へと落ちている。しかもそれは、「〝無難が一番〟と思っているわけではないけれど、気がつくと〝無難が一番〟という選択をしてしまっている」という微妙さです。もちろん、『徒然草』の作者には、その微妙さが歴然としています。第十九段の冬の部分——既に挙げた「年の暮れはてて人ごとに急ぎあへるころぞ、またなくあはれなる」と、それに続く、「すさまじきものにして見る人もなき月の寒けく澄める廿日あまりの空こそ、心細きものなれ」です。

一年がおしつまって人は慌しく動き回っている——今ではその習慣も廃れかかっていますが、

昔は「十二月になって一年が終わる」という区切りは明白で、「新しい年を迎える」ということは神聖なことだった。その人間界の明白なる区切りへ向かって人々が動き回っているのは、他人事ではなく、我が身に沁み入って感動的である、ということです。

「あはれ」というのは、感動実感が胸に沁み入って来て、「自」と「他」の区別をなくすようなものだと私は思いますが、「あはれ」をそのように規定した時の「をかし」は、他人事です。自分と対象との間に明確な一線があって、自分はその対象より優位な立場に立って、「おもしろい」だの「魅力的」だのを感じています。自分と「他」との間に一線を画すことが当然であるようなあり方をしている清少納言は、だから「をかし」を連発するけれど、「年の暮れはてて人ごとに急ぎあへるころぞ」と外界を見る『徒然草』の作者は、その「他人」と自分との間に線を引かない。だから「あはれ」と思う。

それでは、退屈でしょうがなくて一日中硯に向かっているような、他とは一線を画したようなあり方をしている人が、どうして年の暮れになると、その一線を撤廃してしまうのか？　自分も、他人と一緒になって慌しく動き回っているからでしょうか？　どうもそうではありません。

節分の「鬼は外！」の豆まきは、その昔の大晦日の夜の行事「追儺《ついな》」を踏襲したもので、過ぎた一年の災いを祓《はら》うものだった。夜にそれをやって、続く元旦の夜明け前には、天皇が天地の四方を拝む「四方拝《しほうはい》」という行事がある。追儺から四方拝に続くのが、王朝世界の年越しから新年へのクライマックスなのだけれど、それをこの作者は、「追儺より四方拝につづくこそおもしろけれ」と言っている。「あはれなり」ではなくて、どこか他人事です。つまり、この作者が他人に共感を示すのは、「一年を終えて新年を迎えようとする慌しさゆえ」ではないということです。「じゃ、なにゆえなんだ？」ということになって重大な意味を持つのが、「すさまじきものにして見る人もなき月の云々」です。

「すさまじ」というのは、「恐ろしい」ではなくて、「なにか肝心なものが大きく欠落している寂寥感」を示す言葉です。だから、「色気がない」で「見る価値がない」――「十二月の月とはそういうものである」が、通り相場になっていた。見る価値のない十二月二十日過ぎの下弦の月が、誰からも振り仰がれることがないまま、寒く澄んでいる――それが、第十九段を書く『徒然草』の作者には、「心細い＝やるせない」のです。

その月が「寒けく澄める」と言っているのだから、この作者はその月を見ているんですね。「見る甲斐のない月」を見ている作者がいて、しかもこの作者は、人の常識を覆《くつがえ》したがっている。だから、この章段の冒頭には、「〃もののあはれは秋こそまされ〃と人ごとに言ふめれど」の保留がある。「人はそう言うが、私はそうは思わない」という、世の常識を覆したがる人なんだから、ここにだって「逆接」はあってもいいはずです。

「十二月二十日過ぎの月を、人は〃見る甲斐がない〃と言う。しかし私は見ている。寒く澄んだ月を見ているとやるせなくなってくる」でいいはずです。でも、作者はそうは言わない。「見る甲斐のない十二月二十日過ぎの月は、まさにその通りで、寒く澄んだ月を見ていると、やるせなくなってくる」が、『徒然草』第十九段に書かれることです。

本来だったら「逆接」になってもいいはずのところを、作者は「順接」にしてしまっている。それはなぜか？　「年の暮れはてて人ごとに急ぎあへるころぞ、またなくあはれなる」というように、この作者が「常識を成り立たせる人の世界」と一体化してしまっているからですね。だから、他人の言うことに異を唱えない。異は唱えないが、しかしこの作者は、人が「見る甲斐がない」と言う月を見ている。その月がどんなものであるかを知っている。である以上、この作者は、「見る甲斐のない月」になんらかの「価値」か「意味」か「存在理由」を見出だしていることになります。それはなんなのか？

あえて言ってしまえば、この作者こそが、「見捨てられてしまった十二月二十日過ぎの下弦の月」なのです。この月の下には、年の瀬で慌しくしている「人の世界」がある。それを、空の月は見下している。「寒けく澄める」というのは、空から地上を眺め下ろしている月の「視線」です。地上で「見る甲斐のない月」を眺め上げている作者は、同時に空の上から人間の世界を眺め下ろしている。それは、「拒絶するように」ではなく、「月光となって包み込むように」だから、「あはれなり」の一体感を生む。と同時に、その自分は「誰からも振り返られることなくたった一つ空に浮かぶ月」なんですから、そんな月のかかっている夜更けの空を見るのは、やるせないの限りでしょう。

「自分は、見られる値打のない冬の空の月だ」とは、この作者は一言も言っていません。でも、その「冬の記述」の始まる前にはなにがあったでしょう？　「筆にまかせつつ、あぢきなきすさびにて、かつ破り捨つべきものなれば、人の見るべきにもあらず」です。「見なくていい！」と言っておいてから、「冬の記述」に取りかかっている。

「季節の移り変わりは一々に感動的である」として、作者はこの章段を始めています。そう言うのは、「感動的なのは秋だ」と世間の人が言っていて、自分は「そうではない、春にもまた心の浮き立つことはある」と思うからです。その前提に従って筆を進めて来たのに、どうも思うように行かない。自分の書いていることは、もうとうに言い古されてしまったことばかりのような気がする——それは分かるけれども、自分の中には「書きたい」という衝動がある。あるのだから書く——どうせ暇つぶしで、読むにたえないと思ったら破って捨ててしまうつもりである。「他人に見せるつもりもない」と思ったら、なんとなく「書くこと」も見えて来た。「冬枯の気色」は、秋の情趣にそう劣らないと思う——そう思う自分の感性には、冬の遣水から水蒸気が立ち上っているところが、魅力的に見える。その寂しい景色が、「あはれ」ではなく、「をかし」の他人事に思えた。その寂しさを「をかし＝魅力的」と思う自分には、年末の人の世界が、身に沁みて感動的――「あはれ」と思える。そう思った時、彼は「すさまじきものにして見る人もなき月」なのです。

その月を、彼は見ている。その月を見て彼は、「人は見る価値がないと言うけれど、私には美しいものである」と思ったわけではない。「見る価値のない月は、やはり〝見る価値のない月〟で、そんなものが輝いている年の瀬の二十日過ぎはやるせない」と思う。「だったらいっそ、その月を〝美しい〟と思ってしまえばいいじゃないか」と、私なんかは思ってしまいますが、『徒然草』の作者はそうじゃないんですね。「美しい」に近づいて、でも「美しい」に届けない。そのまま「見る価値のない月」のポジションに我が身を置いて、そこから人の世を眺め下ろす――そうすると、人の世界の年末は、さまざまに感動的であり、慈しむべき情緒が多いことだと理解される。「〝無難が一番〟と思っているわけではないけれど、気がつくと〝無難が一番〟という選択をしてしまっている」という構図は、このようなものでしょう。

「十二月の月は見るに価しない」と肯定して、人の世の常識と自分を合致させて、でもその彼は、「人の世界」へ入って行かない。ただ、遠くから眺め下ろしている――自分がそのポジションにあることを、了解してしまっている。

「十二月の月は見るに価しない」と、彼も世の人もうなずいて、しかし、彼はその月を見て、世の人はそれを見ない。見た結果、それを「美しい」と思えば、彼の中ではまた別の「なにか」が生まれたかもしれないけれど、寒く輝くその月は、世の人の言うがごとく、「見るに価しない月」だった。彼は、十二月の月の「美しい」に届けなくて、でも、その近くにまで行っている。だから、世の人を拒絶するわけではないが、自然と一つにはなれない。一体感を持って、であるにもかかわらず、遠くからそれを眺め渡すしかない。

だから、「折節の移りかはるこそ、ものごとにあはれなれ」と始められる『徒然草』の第十九段は、とても不思議な終わり方をします。一年の終わりが、まるで慌しい葬式が終わった後のような静けさになるのです。

「亡き人の来る夜とて魂《たま》まつるわざは、このごろ都にはなきを、東《あづま》の方にはなほする事にてありしこそ、あはれなりしか。かくて明け行く空の気色、昨日にかはりたりとは見えねど、ひきかへめづらしきここちぞする。大路のさま、松立てわたして花やかにうれしげなるこそ、またあはれなれ」

「松立てわたして花やかにうれしげ」なら、「をかし」であってもいいようなもんですが、この人の場合は「あはれ」なんですね。

古くは、大晦日にも「お盆」と同じような性質があったらしいのですが、わざわざ出して来る必要もなさそうなものを、「遠い東国に遺る風習」として、この人は持ち出して来る。だから、一年が「鎮魂」で終わって、正月が「花やかな葬式」のようにも、「葬式が終わった後の静けさ」

のようにも思える。

私は、この『徒然草』の第十九段を、「結果として鎮魂になってしまった文章」ではないのかと思います。ここでは「なにか」が死んでいます。死んだのは、「言い古されていても書きたい！」と主張する、「王朝の美と一体化していたい卜部兼好」ですね。

殺すつもりもなかった、死ぬつもりもなかった――しかし、彼が「古い時代のエピゴーネン」であることは明らかになってしまった。「美しい」は分かっていると思っていた、その自負心が潰えてしまった。「自分なりの美」が発見出来るのかと思ったら、どうもそれは芳《かんば》しくなかった。かくして彼は、「無難が一番」という社会的調和を選択せざるをえなくなる。その選択をした時、「美に対する自負心を持っていた自分」は、死ぬしかなくなる。「折節の移りかはる」一年は、どこか遠いところでなおも行われている鎮魂の行事を想起させて、終わらざるをえなくなる。つまり、「かくして青春は終わった」ですね。

「自分にたいした特性はない。無難が一番だから、無難を選択するしかないな」と思って、でも自負心ばかりはまだ残っているから、「無難に埋没している中年男」なんてことを他人から言われたくはない――そんな「平均的な中年男」の誕生が書かれてしまうのが、『徒然草』の第十九段でしょう。

†清少納言の見る「冬の月」

『徒然草』の作者にとって、「十二月の二十日過ぎの月」は、見る値打のないものです。これは、王朝の盛時から引き継がれていた「美学的常識」ですが、それでは、その同じ月を、清少納言はどのように見ていたのでしょう？　『枕草子』の第二百八十三段は、ある年の「十二月二十四日の夜中」のことを書きます。

「日ごろ降り積る雪の今日はやみて、風などいたう吹きつれば、垂氷《たるひ》いみじうしたり。地などこそむらむら白きところがちなれ、屋の上はただおしなべて白きに、あやしき賤《しづ》の屋もみな面《おも》隠しして、有明の月のくまなきにいみじうをかし。銀《しろがね》などを葺きたるやうなるに、水晶の滝など言はましやうにて、長く短くことさらにかけわたしたると見えて、言ふにもあまりてめでたきに――」

何日か降り続いていた雪がその日はやんで、風が強くて軒には氷柱《つらら》がいっぱい下がっている。人の行き来する地面は白黒まだらになっているけれど、屋根の上は真っ白で、中流の家の貧乏臭さも隠れている――それが「有明の月」に照らし出されているところが、なんとも素敵なわけです。「屋根は銀で覆われたみたいで、軒の氷柱は水晶の滝のようで、言葉を失うぐらいに素晴らしい」と。

それだけの氷柱が出来ているということは、雪は日のある内にやんだということで、今現在はとても寒いということですね。でも、作者は一言もそんなことを口にしない。ひたすら、辺りの美しさを書きつらねている。

当然この場所は、「贅を尽した貴族の邸の庭園」というところではない。貧乏臭い家が犇めいている都大路の夜中です。清少納言は中流以下が嫌いだから、第四十二段ではこんなことも書いている——。

「似げなきもの。下司《げす》の家に雪の降りたる。また、月のさし入りたるも口惜し」

「中流以下の家に雪が積ってきれいに見えるのなんて不似合いよ。月の光できれいに輝いてるなんて図々しいわ！」と言っている彼女が、その嫌悪すべき二条件に合致しているものを見ても、文句を言わない。ひたすら美しさに感嘆してしびれている。なんでそういうことになるのかと言えば、彼女のそばに「いい男」がいるからです。

その夜は中宮定子の主催した法要があった。それを清少納言は途中で退出した。「おもしろそうだからドライブしてみないか？」くらいのことを男に言われたんでしょう。相手の男が誰だかは分からない。彼女が名を明かさないのだから、よっぽどいい家のおしゃれな貴公子だったんでしょう。そんな男と二人っきりで深夜のドライブをしていたりするわけだから、さすがの彼女にも遠慮があって、「さる女がさる貴公子と」という、ぼかした書き方をしている。そして、そんな書き方をしている以上、このシチュエイションが彼女にとって「最高のもの」であったことは間違いがない。だから、周りにあるのが憎むべき中流以下の町並であることを承知していても、文句を言わない。「わー、銀の屋根だわ」と言っている。その貧乏ったらしい軒に氷柱がズラッと下がっているのを見ても、「うーっ、寒い……」とは言わずに、「水晶の滝みたい、誰かが飾ってくれたのかしら……」と思っている。現代ならここに、「私達のために」がくっつくでしょうが。

辺りには「ロマンチック」としか言いようのない光景が広がって、それを照らし出すのは、「見るに価しない」とされる、十二月二十日過ぎの月です。でも、清少納言にはこの月を拒む理由がありません。この月は、彼女にとって「最も美しい月」であってしかるべきで、そのために彼女は、微妙な――あるいは無意識的な改変さえしてしまっている可能性があります。

このドライブが始まったのは、早くても夜中の一時頃で、午前二時を中心にするような時間帯です。しかも、ドライブ自体はそんなに長く続かなくて、「夜一夜も歩かまほしきに、行くところの近うなるも口惜し」で文章は終わっています。夜中の三時頃にはもうドライブが終わっていたと見た方がいいでしょう。つまり、彼女の行く道を照らしているのは「夜中の月」であって、「有明の月」ではないということです。空に夜明けの青さが宿れば、その月は「有明の月」にはなるけれど、長い冬の夜空にまだ夜明けの光は訪れません。つまり彼女は、「有明の月」ではないものを「有明の月」に改変してしまった――その可能性があるということですね。「有明の月」という言葉には美しさがある。でも、同じ月が真夜中の空にかかっていたら、「すさまじきものにして見る人もなき月」にしかならない。その夜の月は、どうあっても彼女にとっては「この世ならぬ美しさをたたえている月」でしかないのですから、そんなことはいやでしょう。だから、意識的か無意識的かは知らず、彼女はその月を「有明の月」にしてしまった。「有明の月」と称されたその夜の月はもちろん美しくて、その月を美しく見せた理由は、言わずもがなでしょう。

『徒然草』の作者を含めた多くの人にとって「見る甲斐のない月」でしかなかったものが、清少納言にとっては美しかった。「美しい」を実感させるためには、ある「背景」が必要となるのですね。

†それはいかなる「ロマンス」か?

恋人達にとって、夜空の月は美しい。それがいかなる月であっても、恋人達に見上げられれば、「夜空の月」は美しくなる。当たり前のことです。別に「美しい」と思おうとしなくたって、夜空の月は美しくなる。恋する恋人達は、恋という「思考停止」の中にいて、自分達を取り囲む一切のものに対して「利害関係」を考えなくてすむ――つまり、我を忘れている。「自分の都合」

を考える必要がないのだから、周りのありとあらゆるものは、あってしかるべき「本来の形」をあらわして、つまり、「美しい」と見える。それはそれでいいのですが、第二百八十三段を書いた清少納言は、果して「恋」の中にいたのか？　その時の彼女は、「自分の都合」なんてものを考えなくてもよかったのか？

匿名の貴公子とドライブをする彼女が乗るのは牛車です。牛車の前後には簾が掛けられて、更にその内側にもう一つ「下簾《したすだれ》」と呼ばれる布——多くは「着物」であるようなものが掛けられます。外から中が見られないようにするのと同時に、その牛車を走らせる人物が、「私はこんなにセンスのいい人間です」ということをアピールするためです。だから、牛車の前後から外を見ることが出来ない。そのために、牛車の側面には「物見《ものみ》」という開閉自由な小窓が作られている。それが普通なのに、その夜清少納言の乗った牛車に「下簾」はなかった。それればかりではなく、簾の方も上げられていた。つまり、「外から丸見え」状態になっていたんですね。なんでそんなことになっていたのかと言ったら、当然「外を見るため」ですね。

夜中の都大路にまず人通りはないだろうから、外から見られる心配はない。しかし、外は寒くて風が吹きつけて来るんだから、普通に都大路を行くんだったら、防寒のためにも、簾と下簾の二重の遮断は必要になる。暑い夏のことじゃなくて、寒い寒い氷柱の下がった冬に、その外気を遮断するものを取っ払う理由は、あるんだったらたった一つ——「外の景色をよく見よう」です。

どうも、その夜のドライブの目的は、「寒い夜景見物」にあったらしい。それで、匿名の貴公子は牛車から身を乗り出して、「凜々《りんりん》として氷鋪《し》けり！」という漢詩の一節を繰り返し声に出して言っている。その詩は、実は八月十五夜の月光の美しさを語るもので、「月の光が当たった地上は一面の氷のようだ」というもんなんですが、匿名の貴公子はそれを踏まえて、「おお、十五夜みたいじゃん！」と、月光に輝く凍った雪景色を楽しんでいる。

男がそういう風にノリノリになってしまった場合、女はどうなるのか？「お前も見ろよ」と言われて、つきあわされることになっている。だから清少納言も、「見ろよ！」で、風の当たる出入口に引きずり出されることになる。今の女だったら、「やーだ、寒いから！」と言うか、「わー、気持ちいい」と言うかのどちらかだろうけれど、昔の女はそれだけじゃない。そういうことになると、「顔を見られる」という危険が生まれる。昔の女にとって「顔を見られる」ということは「裸を見られる」以上の大問題で、「セックスをしても相手の女の顔を知らない」という男はいくらでもいました。だから、「来いよ、見ろよ」と言われても、清少納言は男のそばにやって来ない。そんなシチュエイションの中でも、清少納言は「顔を見られたくない」という「自分の都合」を第一に考えているわけですね。

匿名の貴公子はそれをおもしろがって、清少納言の体を自分の方に引き寄せて、外気＝月光にさらそうとしている。月光の下を行く小さな車の中ではＳＭ的な気分が広がって、そうなると清少納言は悪い気がしない。

「月の影のはしたなさに後ろざまに滑り入るを、常に引き寄せあらはになされて、侘《わ》ぶるもまたをかし」です。彼女はSMごっこを楽しんでいるんでしょうか？

「顔を見られる」ということに対して、彼女が困惑している（侘ぶる）のは確かです。それと同時に、自分の置かれたシチュエイションを「をかし」と楽しんでいることも確かです。つまり「SMはいやだが、楽しんでいる」で、そうなるのはつまり、彼女が自分の置かれたシチュエイションそのものを楽しんでいるからです。だからこそ彼女は、自分の経験した一夜の出来事を、人に語ることを楽しんでいる。この貴公子の名前が明記されないのは、彼が「バレたら大問題になるような人」で、それは、「人に嫉妬されたら大変だ」でもあるでしょう。だからこそ彼は、「秘密めかして語られる価値のある人」なのです。

清少納言は、彼に恋をしているかもしれない。しかし、匿名の貴公子は清少納言に恋をしてはいない。匿名の貴公子は、ただおもしろがっているのです。

「清少納言」という有名な女がいる。才能がある。声も聞いたことがある。手を伸ばせば届きそうなところにいるのだけれども、その顔を見たことがある男は何人もいない。だから、その才能を評価して好奇心に駆られた男は、その素顔を見てやろうと思う――「謎に包まれた有名人の私生活をスクープしてやろう」という、写真週刊誌のスキャンダリズム的興味と同種のものですが、第二百八十三段の匿名の貴公子がそんな男の一人である可能性は大です。

彼は、凍った道を「八月十五夜の漢詩」で謳い上げる。清少納言は漢詩を理解する能力を持った数少ない女だから、「凍った道のドライブ」には恰好の相手でしょう。「俺は見るぞ」で、牛車の覆いを取り除いてしまう。と同時に、素顔を見せない女の顔を剝き出しにしてやろうともする。男は、そのことを楽しんでいる。

男にとって、清少納言は「ロマンスの相手」ではない。気のおけない「性を超越した友人」であり、同時にまた、「女」という防壁の向こうで気取っているようなやつでもある。この貴公子の清少納言に対する気持ちには、かなりの残酷が含まれている。

貴公子と清少納言は、凍った雪道をどこかへ行った。どこに行ったのかは分からない。どこかへ行ってセックスをしたのかもしれないし、ただ「帰るんなら送ってやるぜ」だけだったのかもしれない。後者なら、男の清少納言に対する「残酷な好奇心」は剝き出しです。二人でどこかへ行って関係を持ったとしても、それは、「二人で出掛けてしまったことに対するピリオドとしての行為」であって、恋愛に発展するようなものとは思えない。この章段の最後が「夜一夜も歩かまほしきに、行くところの近うなるも口惜し」であることからすると、この夜のドライブの目的は、「どこかへ行って関係を持つ」ではなく、「乗せてってやる」であった可能性は濃厚です。

であっても、清少納言はこの体験に興奮している。その興奮が、彼女の周りにあるものを「言葉を失うくらいの美しさ」に変えてしまっている。一体彼女は、なにに興奮したのか？

彼女は、「素晴らしい貴公子と一緒に、並の女では体験出来ないような体験をした」ということに興奮しているのですね。そのドライブの最中であっても、「私は、他の女が体験していないようなことを体験している……、すごい！」と興奮している。

「下簾もかけぬ車の簾をいと高う上げたれば、奥までさし入りたる月に、淡色《うすいろ》、白き、紅梅など七つ八つばかり着たる上に濃き衣《きぬ》のいとあざやかなる艶など月に映えてをかしう見ゆるかたはらに、葡萄《えび》染めの固文《かたもん》の指貫《さしぬき》――白き衣どもあまた、山吹、紅《くれなゐ》など着こぼして、直衣《なほし》のいと白き紐をときたれば、脱ぎ垂れられて、いみじうこぼれ出でたり。指貫の片つ方は軾《とじきみ》のもとに踏み出だしたるなど、道に人あひたらばをかしと見つべし」

前半の「淡色、白き、紅梅――」は、清少納言が着重ねている衣装の描写で、後半の「葡萄染め――」以下が某貴公子の描写。彼はかなり豪華な衣装を着ていて、しかもその着こなしはかなりラフ。それが、車の後部の乗り口のところに片足を突き出している――「私は、そんなカッコいい彼に抱き寄せられてんのよォ、たまんないでしょう？」と言うところですね。深夜の道に人影はないけれど、もしもそんな彼の姿を人が見たら、必ずや「素敵だ」と言うに違いなかろう――というところを、延々と描写するわけです。

「私が素敵だと思う」ではなくて、「他人が〝素敵だ〟と思う人と、私は一緒だ」なんですね。

「彼は私にさしたる関心を持っていないけれど、そんな素敵な彼とこんな風にして一緒にいる私はすごい」で、それはまた、「そんな風にされている私なんだから、彼が私に関心がないなどということはありえないはずよね？」でもあります。つまり、『枕草子』の第二百八十三段は、人に「羨ましいでしょ」と言いたい彼女の自慢話で、彼女は、「ああ、これは自慢出来る！」ということに興奮しているんですね。だからこそ、その夜の情景は、とんでもなく美しく見えるんです。

その美しさを実感させたのは、「恋という思考停止」ではなかった。「自慢出来る！」という、他に対する万全の優越感による思考停止だったのだと、私は判断します。

好きでもない男に宝石店に連れて行かれた女が、その男から「なんでも買ってやるよ」と言われたらどうなるでしょう？　辺りのものは、すべて尋常じゃなく光り輝くでしょう。『枕草子』の第二百八十三段は、そんな女の心理を物語るものでもあります。

†「美しい」という実感の背後にあるもの

別に、恋だけが世界をきらきらと輝かせてくれるわけではない。「なんでも買ってやるよ」と言う大金持ちの男がいたら、大抵の女は目がくらくらしてすべてがキラキラになってしまう。その男が、すごくカッコいい男だったら――もう言うまでもない。簡単に思考は停止して、世界は輝いているだけで、実際にはなんにも目に入らないかもしれない。

それに近いことが、清少納言には起こっていた。当然、『徒然草』の作者にはそんなことが起こらない。『徒然草』の作者が「十二月の二十日過ぎの月」を「美しい」と思えないのは、仕方のないことかもしれません。そして、その「仕方のなさ」が彼を「美しい」から遠ざけた——と言っても、話は「なんのことやら?」かもしれません。


「恋」と「なんでも買ってくれる大金持ち」とを含んで、人の思考停止を可能にしてくれるものはなんでしょう?——というのは、いささかめちゃくちゃすぎる謎々かもしれませんが、その答は「人間関係」です。

恐怖による思考停止ではなく、自分の周りにある自分とは直接に関係のないものを「美しい」と思わせるような、リラックスによる思考停止を可能にするのは、「人間関係」だけです。「人間関係」には、わずらわしいとかイライラさせるという側面もあって、だからこそ、「一人になるとほっとする」ということもあります。でもそれは、「人間関係」のせいではありません。「いやだと思う人間関係」のせいです。「いやだと思う人間関係」から離れて一人になると、自分の知っている「いやではない人間関係」を自由に想起することが出来るから、それでほっとするのです。だから、「いやではない人間関係」を想起出来ない人は、一人になっても、イライラしたり不安になったりして落ち着きません。つまり、人間を落ち着かせてくれるのは「人間関係」なのです。

だから、日本の男の多くは会社が好きです。「仕事人間」は「会社人間」でもあって、この人達は、「会社」という固定された枠内での人間関係が好きで、その人間関係にほっとしているのです。

それとは反対に、「一人が好き」という人もいます。この人達が一人でいて、しかも安定しているのなら、なにか「自分の好きな物」があるはずです。「仮想現実にはまって出られないおたく」という言い方もしますが、「仮想現実」には、それにはまった人間に「いやだ」と思わせないような「人間関係」があるのです——はまっている人は、そのように実感するからこそ、はまっていられるのです。

「仮想現実」ではなく、ただ「愛するもの」と一緒にいるだけで安心する人もいます。ブランド物のバッグがずらっと並んでいる自分の部屋にいると幸福になるとか、会社から帰って自分のパソコンに向かうとほっとするとか、自分の飼っているペットと一緒にいると幸福だとか、そういう例はいくらでもあります。物やペットとの間で「人間関係」は成り立つのかと言えば、十分に成り立ちます。なぜかと言えば、人間は「擬人法」という言葉の表現を持つからです。

「擬人法」を使えば、ペットも物も十分に「人」になります。私だって、夜の道に現れた見ず知らずのガマガエルに対して、「お前、なにしてんだよ?」と、話しかけそうになっています。「擬人法」が成り立つのなら、物や動物、あるいは植物との間で、十分に「人間関係」は成り立ちます。「コレクター」というのは、物との間で濃厚な「人間関係」を成り立たせている人達でしょう。

だからなんなのか? 「擬人法」が、人の中に「美しい」という感情を生む、ということです。「美しい」という感情が、「親密な感情」であることは、言うまでもないでしょう。だからこそ人は、自分とは直接に関係のない自然の存在に対して、「美しい」と思うのです。「美しい」と思い、そこから親密な感情をスタートさせる――それはすなわち「擬人法」の誕生です。「美しい」が「人間関係」に由来しているからこそ、人は「擬人法」という発想を持つのです。「美しい」という感情は、そこにあるものを「ある」と認識させる感情です。「美しい」と思わなければ、そこにあるものは、「なくてもいいもの」なのです。

町に出て、人は数多くの人とすれ違います。すれ違うだけで、その一々を意識しません。「すれ違うだけの人の群れ」は、「なくてもいいもの」なのです。その数が少なければ、ただ「人がいるな」程度のもので、それ以上はなにも感じません。その数が多くなりすぎてぶつかったりするようになると、「こんな人の群れはなくなればいい」と思います。つまり、「なくてもいいもの」なのです。ところが、そんな人の群れの中で、時々「なにか」を見つけます。だから、「今日すごく素敵な人を見た」などということになるのです。

「美しい」と思わなければ、なくてもいい。でも、自分にとって意味のあるものを見つけ出した時、「ある」と思う感情は「美しい」と一つになります。「美しい」という感情は、そこにあるものを「ある」と認識させる感情で、「ある」ということに意味があると思うのは、すなわち「人間関係の芽」です。

「美しい」は、「人間関係に由来する感情」で、「人間関係の必要」を感じない人にとっては、「美しい」もまた不要になるのです。

†「十二月の月」を美しく見せるもの

もちろん私の話は単純じゃないので、「豊かな人間関係が人の美的感受性を育てる」なんていうところには行きません。それを言うなら逆で、「豊かな人間関係の欠落が人の美的感受性を育てる」ですが、これでさえまだ不十分です。私の言うべき結論は、「豊かな人間関係の欠落に気づくことが、人の美的感受性を育てる」です。

たとえば、会社という組織の人間関係にはまって満足している人は、「豊かな美的感受性」を備えているでしょうか？　勤務時間が終わっても同僚と一緒にいることを好んで、家族の待っている家にはなかなか帰りたがらない。たまの休日には家でゴロゴロしているだけで、家族とろくに口もきかない——こういう人が「美しい」を実感する能力に富んでいるとは考えられません。なぜかと言えば、こういう人達は「自分の好む人間関係」にだけ一体化してしまっていて、「その外」を見ないからです。「その外」になにがあっても関係ない——つまりは、「なにかがあって、それはいいものだ」という発見をしないのですから、「美しい」が分かるわけはありません。

またたとえば、「親密な人間関係」を成り立たせている家族に、「豊かな美的感受性」は宿るでしょうか？　会社人間における「会社」のように、この家族が「我が家が一番」を確立させてしまったら、「我が家の外」には目を向けなくなります。この家族が「美しいもの」を求めてあちこちへ出掛ける——出掛けた先で「記念になるもの」を集めて、それで家の中を飾り立てる。つまりは、「我が家が一番」であることを維持させるために、「その外」にある「いいもの」を、全部「我が家」の内に持ち込もうとしているのです。見るのは「家の内側」だけ。「その外」は、家を豊かにするための「ものの仕入れ先」でしかないように考えたら、この家は、「当人達が〝美しい〟と思うもので飾られた、美しくない家」です。

「美しい」を実感する能力を養うために、「豊かな人間関係」は不可欠です。それがあって、人は安心して外部に目を向けることが出来ます。「美しい」は、リラックスした「安心出来る思考放棄」から生まれるのですから、それを可能にしてくれる人間関係がなかったら、「美しい」という実感も宿りません。しかし、「美しい」と感じる能力は、「外」に向けられなければ意味のないものです。「豊かな人間関係」があっても、その人間関係が、「ここが一番豊かなんだから、〝外〟なんか見ずにここを見ていればいいんだ」と強制するように働いたら、「外」に向けて機能するはずの「美しい」は育ちません。

「人間関係がない。心が荒涼としていて落ち着くことがない」ということになったら、その不安は、常に「なんか考えろ！　考えないと危いぞ！」という働きかけをして、とても悠長に「美しい」を実感している」なんてことを許しません。だから、「リラックスを実現させる人間関係」は必要で、そしてもう一つ、「自分の所属するもの以上にいいものがある」という実感――つまり「憧れ」がなければ、「美しい」は育ちません。「美しい」は「憧れ」でもあって、「憧れ」とは、「でも自分にはそれがない」という形で、自分の「欠落」をあぶり出すものでもあるのです。

その「欠落」を意識することが、「外への方向性」を作ります。「自分にはそれが欠けている――だから、いやだから〝外〟への目をつぶろう」というのも、「外への方向性」です。「自分にはそれが欠けている――でもそれはいいものだ。だから、それのある方向へ行こう」もまた「外への方向性」で、「美しい」を育てるのはこちらです。

子供の時の私は、嵐の空を流れる雲を「きれい……」と思って眺めていました。別に、美的感受性にすぐれていたからじゃありません。それを「美しい」と思ったのは、そう思う子供の私が、いつも雲を眺めていたからです。いつも眺めていた雲が、その日に限ってとんでもなくカッコよく見えた——普段自分のよく知っている友達が、特別のステージに上がって特別のパフォーマンスを演じて見せて、それがすごかったから、恍惚として見ていただけです。

それでは、なんで嵐の雲を「きれい……」と思うようになる私は、普段から「青い空を流れる白い雲」を見ていたのか？——「外行って友達と遊んでこい！」と言われても、友達がいないから、しょうがなく空の雲を見ていたわけですが、じゃ、なんでその私は、空の白い雲を「きれい……」と思うのか？ そう思わせるだけの幸福が、子供の私の身内に宿っていたからですね。

自分の中には「幸福の実感」がまだ残っている、でも、今の自分は全然幸福じゃない——そのギャップが「外」に目を向けさせる。身内に残っている「幸福の実感」は、雲を「美しい」と思わせる。子供の頃の私は、「自分の知っている〝幸福〟というものは、あの雲のようなものだ」と思っていたのでしょう。そうとしか考えられません。

そう思う子供の私にとって、雲は決して、「空に浮かぶ小さな氷の粒の集まり」ではありません。それは、「真っ白で、きらきらと輝いていて、ゆっくりと自分の好きな方に自由に行けるもの」で、「小さな雲の塊がいつか大きな一つになって、ただボーッとするほど美しく見えるもの」で、「そこに行きたい」と思わせる空飛ぶ夢の大陸です。

子供の私にとって、「青い空に浮かぶ白い雲」は、決して「溌剌《はつらつ》たる元気の象徴」ではありません。それは、「失われてしまった幸福を実感させてくれるもの」で、「それを見ていると孤独を忘れさせてくれる」――という形で、自分の「幸福の欠落」を常に喚起するものなのです。平たく言えば、「やるせなく美しい」です。子供の私にとって、その「やるせない」はまだ深刻なものではなかったので、別に涙を流すこともなく、ただボーッとして、「きれい」と思って空を眺めていただけです。

そんな私ですから、『徒然草』の第十九段にある「すさまじきものにして見る人もなき月の寒けく澄める廿日あまりの空」を、「美しい」と思います。それを「こそ、心細きものなれ」と、掛り結びを使ってまで強調する作者のやるせなさも分かりますが、でもやっぱり、それを「美しい」と思います。それはつまり、見る者の感情までも引っくるめた、「寂しいような美しさ」だからです。

人が寝静まったような時刻に寒い空の上で輝いている下弦の月を見たら、「月もやっぱり一人ぼっちなんだな」と思います。そして、「でもきれいだな」と思います。輝いていることが、私の中に眠る「幸福の実感」を刺激するからです。そして、だからこそ、私は『徒然草』の作者が不思議なのです。「なんでこの人は、その月を見ていて、〝美しい〟という実感のそばまで行っていて、〝美しい〟とは思わないのだろう」と思います。「なんでこの人は、〝なるほど、見る甲斐のない月だ〟で終わってしまうのだろう?」と思います。

そう思う私にとって、この「なぜ?」の答は一つだけです。「この人には、〝幸福の実感〟というのがないのか……」です。

「見る甲斐もない」とされる十二月の月は、でも必死に夜空で輝いて、その輝き方の必死さが「寂しさ」を一層掻き立てるけれども、その「寂しさの中にある必死」は、やっぱり「美しい輝き」なのです。それにぴんとこないのだとしたら、「その必死さを分かる」という体験をこの作者がしていないということで、その必死さを可能にするような、人の根本にある「幸福のエネルギー」にこの人が気づいていないということです。私は、そのような考え方をしてしまいます。だから私は、「なんでだろ?」と思って、「どうして王朝の美意識は、十二月の月を〝見る価値なし〟で排除するのだろうか?」と思うのです。

†人生に立ち向かわない美意識

王朝人の言う「十二月の月」は、今で言う「一月の月」です。あなたは、「一月の二十日過ぎの夜空」を見て、寂寞《せきばく》としたものを感じますか? 新しい年が始まって、まだ一月もたっていません。寒さの盛りではありますが、でも、そんな時期に夜空を見上げて寂寞やら殺伐やらの感慨を抱くのだとしたら、新年早々、よっぽどいいことがなかったのです。いいことがなくても、夜空の月が輝いていたら、「まだ一年は始まったばかりだ、気を取り直して頑張ろう」という気になるのではないでしょうか？　そして、そんなあなたが、十二月の二十日過ぎの夜空を眺めたらどうなるでしょう？「もう今年も終わっちゃうのに……」と思って、深い絶望の一歩手前くらいに行っちゃうかもしれなくはありませんか？

だから私は、王朝人の言う「十二月の月は見る価値がない」は、王朝人の気のせいだと思うのです。もしもそれが太陽暦だったら、「一年の初めの春の月」です。いくら寒いと言っても、「すさまじ」と言って否定はしないでしょう。王朝人が十二月の月を「すさまじ」と言って拒絶するのは、絶対に、「寒いから」だけではありません。それが「一年の終わりに当たる月」だからです。

もう少しで一年が終わる。夜ばっかりが長い。ますます寒い。「今年一年なんかいいことがあったのか？」と考えても、「別に」という答しか出なかったら、一年なんか振り返りたくない。「ああ、早く正月が来ないかな。正月まで、出来れば布団かぶって寝ていたい」になったら、「夜の月？　そんなもんどうでもいいよ」になるんではないでしょうか？　王朝人が、十二月の月を「見る価値がない――見るべきではない」として抹殺してしまった背後には、そういう生活実感の寂寞があったのではないかと考えられるのです。

どういうわけか、王朝人は「終わる」ということが好きではありません。同じことなら、「終わる」ではなく「自動的に新しいことが始まっている」にしたいみたいです。だから、一年の終わりの十二月は好きではなく、一年の始まりの一月が好きなのです。だから、「夜の終わり」ではなく、「夜の中に朝が始まる」という夜明けが好きなのです。それで、「春は曙」です。「夜の月がある中に、青い夜明けの光が訪れる」——あるいは、「夜明けになろうとする薄明の中に、本来は夜に属する月が現れる」というのが「有明の月」ですが、こういうものが大好きです。「終わったんだか終わらないんだかがはっきりしない内に、別のものが始まっている」という状態を好みます。そして、「終わり」がきらいです。だから、一日の終わりを感動的に伝える「夕焼け」が、王朝の美の中にほとんど登場しません。

「春は曙」で、「夏は夜」であって、でも「夕焼け」はどこにもありません。「夕焼け」という言葉自体がありません。『枕草子』で、「秋は夕ぐれ」と言って、「夕日のさして山の端《は》いと近うなりたるに、烏の寝どころへ行くとて、三つ四つ、二つ三つなど、飛びいそぐさへあはれなり」と、「夕日」は出て来ますが、「夕焼け」はありません。曙の空を「やうやう白くなりゆく山際、少し明かりて、紫だちたる雲の細くたなびきたる」と具体的に描写する人が、夕日となったら「烏のための背景」です。これは、どうしたことでしょう?

実は「夕焼けがない」には長い歴史があって、北斎や広重の浮世絵にも「夕焼け」はありません。あるのは「朝焼け」の方です。「〝夕焼けがない〟なんて断定してもいいのか?」とも思いますが、大した知識のない私の知る限りでは、ありません。夕焼けがポピュラーになるのは、近代になってからなのです。だから、「夕焼け小焼けで日が暮れて」とか、「夕焼け小焼けの赤とんぼ」とか、我々はすぐに夕焼けで「童謡」を連想してしまうのです。

『万葉集』によく出て来る有名な枕詞《まくらことば》に「あかねさす」があります。「茜《あかね》さす」なんだから「赤くなる」のはずなんですが、この枕詞は、「日」「昼」「照る」にかかる枕詞です。「紫」にもかかりますし、「光って美しい」という意味で「君」にもかかります。なににかけてもいいようなもんですが、「茜さす」が光に関係あるんだったら、まず「夕焼け」じゃないでしょうか？　子供が太陽の絵を描くと、「真っ赤」にしますが、太陽が真っ赤になるシチュエイションは、やっぱり夕方でしょう。太陽＝赤が夕方にあって、でも「あかねさす」はいつの間にか「昼の光に輝く」になってしまう。「あかねさす」という表現を作り出した人は当然夕焼けを見ていたと思われるのに、いつの間にか「夕焼け」がない。その代わりに、昼と夜の間を曖昧にする「黄昏《たそがれ》」や「夕靄《ゆうもや》」の方がポピュラーになる。ということはつまり、「一日の終わり」を明白にするようなものを直視したくないからではないかと思うのです。だからこそ、「黄昏」や「夕靄」を選んで、夜はいつの間にか始まっている。

なんで夕焼けを見ないのか？　それがないはずはない。あんなにも図々しく家の中に入り込んで来る赤い光を知らんぷりする理由は、なんなのか？　私の説に従えば、「一日を満足させて終わらせられない人は、夕焼けを〝美しい〟と実感出来ない」です。つまり、王朝の美意識を作った人達は、「一日を満足が行くように終わらせる」が出来なかった人達だということになります。家の中でじっとしてて、「夜の方がいい」と思ってるような人達なんだから、きっとそうでしょう——電気もない時代なのに。

着物の色やなんかでは赤い色がやたらと好きだったくせに、一日の終わりになって自分の邸の奥まで入り込んで来る赤い光だけは拒んだ人達は、「夕焼けの美」を確立しなかった。だから、日本に長い間「夕焼けの美」はなかった。「夕焼けの美」が童謡と連動されてしまうのは、子供というものが、青空の下で遊んで、そのクライマックスとエンディングを夕焼けの下で迎えてしまう日常を持っていたからでしょう。そこで、「今日は満足した一日を持てた」という実感が育つ。その実感を持って大人になって、「今日も満足した一日が持てなかった」と思って夕焼けを見たら、そこには、「過去の自分が知っていながら、現在の自分が欠落させている幸福」があることになる。その幸福は、美しくてやるせない。

「子供」であることをまっとうさせてしまった近代人は、「夕焼けの美＝せつない」を確立させてしまうけれど、そうなる以前の人間に、その「美」はなかった——ということになるでしょう。

ちなみに、大晦日を含む一年の終わりの月——十二月がヴィヴィッドになるのは、商業活動が盛んになって、「一年の決済」が当たり前になって来る、近世の大阪からです。井原西鶴が『世間胸算用』で大晦日を書いて、そこからやっと、「十二月の月」は「空に存在するもの」となるのです。

ある区切りによって「自分の人生」を振り返る。それがない限り、「終わりを知らせる感動」は、感動として意味を持たない。我々は、人生に立ち向かわなかった人達の美意識を、あまり考えもせずに、けっこう踏襲していたりもするわけです。

†「美しい」から遠かった男

第三章は、第一章、第二章とはまた趣きを異にするシュールな展開を見せていますが、「美しいから遠い」ということがどういうことであるのかの大略はお分かりいただけるかと思います。人生に立ち向かわない美意識は、「美しい」の近くまで行って、「美しい」に届かないのです。「十二月の二十日過ぎの月」を見て、「人の言う通りだ、やるせないなァ」と思った『徒然草』の作者が、その月を「美しい」と思えなかったのは、「寂しいのはやだな」という実感がなかったからです。

「寂しいのはいやだ」ということが分かるのは、「寂しくない」ということがどういうことかよく分かってのことです。『徒然草』の作者は、「寂しい」とか「つまんない」は分かっても、「寂しくない」がよく分からないのです。「寂しくない＝幸福」が分かっていれば、「寂しい＝いやだ」で、なんとかしようとします。なんとかする前に、自分の前にあって輝いているものに、

「寂しくない＝幸福＝美しい」という発見をします。その発見をして幸福になって、その発見をする自分の孤独を知ります。つまり、「美しい」と思うことは、「幸福を欠落させている自分の現状をなんとかしよう」と思う、前向きのエネルギーになるのです。「美しい」に対して「幸福エネルギー」というわけの分からない言葉を唐突に充ててしまうのは、私がそんなことを感じているからです。

言うまでもなく、『徒然草』の作者は孤独です。でも、自分の孤独にあまりピンときていません。ピンときているのかもしれませんが、それをなんとかしようとして、あまり切実に動き回りません。だから、「激しい孤独」があまり感じられなくて、我々は『徒然草』の作者を、「孤独を克服した人」のようにも感じるのですが、そうではありません。この時代の人は、まだ「孤独」にピンと来ていないのです。

「孤独」というのは近代の概念で、だからこそこれは、「夕焼けの美しさにジーンとなる」とシンクロしているのです。

近代より前の人にとって深刻なのは、「食って行くこと」です。前近代に社会保障はありません。「食って行く」を全うするために、前近代の人は、制度社会と一体化します。つまり、「いつでも他人と一緒」です。ここに孤独はありません。その代わりに、「転落」があります。

制度社会にはずれた恋人同士は「道行」をします。道行をする男女は、相手がいるのだから、孤独ではありません。だから、その相手を失ってしまうと大変です。恋人を失って制度社会からはずれてしまった者は、「発狂」というところに行きます。それが、「道行」という舞踊劇を確立させた、前近代演劇のセオリーです。「一人でいても大丈夫」という、人の孤独を保証するような考え方がないので、制度社会からはずれた者が一人で「道行」をすると、「狂乱物」というジャンルになってしまうのです。つまり、「孤独」というのは、けっこうありがたいものだということです。

「孤独」は、「孤独」というマイナスの方面から、人の個のありようを保証します。だから、本当だったら「食って行く」の心配をしなければならない近代人も、その切迫を棚に上げて、平気で自分の孤独ばかりを問題に出来るのです。

近世の前——まだ制度社会が十分に完成していない時、人の孤独は宗教によって癒されます。「どうやって食って行ったらいいのか」と「どうやって生きて行ったらいいのか」が一緒になった人の孤独には、「仏」というものが寄り添って癒します。「仏」があって、「宗教」が健在である限り、人は「自分の孤独」に直面しなくていいのです。『徒然草』の作者はその時代の人ですから、それで、孤独にピンとくる必要がないのです。

兼好法師は、坊主なのです。だから、「見る甲斐のない月」は「見る甲斐のない月」のままで、

「なるほど、やるせないな」になります。「きれいだなァ、でもやるせないなァ」ではないのです。それは、近代以降の人間の感情なのです。

兼好法師が孤独なら、もちろん、清少納言だって孤独です。『枕草子』を書いた後の彼女がどうなったかは、ほとんど知られていません。落ちぶれて、かなり「凄まじいもの」になっていたことを伝えるエピソードだけはあります――紹介はしませんが。

清少納言は、「一流企業に入ったことによって自分の育った家庭環境をろくなものだと思わなくなった、上昇志向の強い人間」です。最上流の階級にいて、「最上流ではない自分の所属する階級」に向かって、「最上流の素晴らしさ」を語る人です。だから、「自分が本来所属する階級」への憎悪はあらわです。彼女がそのままでいられればいいのですが、でも、彼女が仮に籍を置いていた「最上流の社会」は崩壊します。彼女の仕えた中宮定子の父、関白道隆《みちたか》が死ぬと同時に、中宮定子の一族の没落は始まって、「最上流の中心」は、定子の叔父の藤原道長に移ります。一流企業で羽振りのよかった清少納言は、倒産で職を失うのです。倒産の後に再就職出来た形跡はありません。再就職を狙う彼女は、自分の行跡を記すために『枕草子』を書いて、書いたものだけは評判になったけれども、彼女の再就職先はありませんでした。彼女はやがて出家して、「その後の清少納言」を見た人は「鬼形の女法師」というすごい言葉を奉りますが、彼女の激しい上昇志向はその後も健在だったようです。

兼好法師が孤独なら清少納言も孤独で、それを言うなら、歴史に名を遺す人のほとんどが孤独です。孤独でもなかったら、「歴史に名を遺す」などということをする必要がありません。

歴史上の有名人の内実をつつき出すと、「なるほど、こういう風にも孤独か」ということが分かって、興味は尽きません。あまりにも当たり前に「孤独」なので、「孤独ということはどうってことのないことなのだな」と思うくらいです。なんでそうなるのかと言えば、近代の以前に「孤独」というモノサシがないからです。それがないから、「人間の心理」というものがどこかで曖昧になって、「現代の我々のような孤独ではないのだな」という気になってしまいますが、「孤独ではない」のではなくて、人を測る「孤独」というモノサシがないだけなのです。モノサシはなくても、「その人なりの内実」はあります。人がそれぞれの物語を持っているのは、当然のことだからです。

それぞれの物語を持っている人が、それぞれなりに「美しい」を語ります。「美しい」はおそらく、人間の文化の歴史と同じほどの古い歴史を持つでしょう。だからと言って、それがそのまま現代にも通用するかどうかは分かりません。「美しい」というのは、幸福でもありえて、しかし不幸でもありえるような人間が、自分の「孤独」というものを核に据えて、格闘しながら捕まえて行くものでもありますが、人間に対して「孤独」というモノサシを当てる歴史が短かい以上、「美しい」にだってけっこうの誤解があると思われるからです。

「美しい」に近づいて、「美しい」に届けなかった男——彼がそうなった理由は、「自分の孤独」というものをジャンピング・ボードにして、「美しい」を捕まえるために跳び上がらなかったことです。「そうするもんだ」という常識がなかったから、彼はそれをしなかったのでしょう。

我々は、昔の人の持たなかった常識を前提としてしまっているので、昔の人が考えなかったようなことをいろいろと考えざるをえないというだけなのです。

第四章　それを実感させる力

†不思議な体験

私が「人はなぜ〝美しい〟が分かるのか」をテーマにしようと思ったのは、もう二十年ほど前のことです。ある不思議な体験をしました。

その頃、一人住まいの私の家によく遊びに来る若い男がいました。「若い男」というよりも、「近所の坊や」みたいなもんです。もちろん年は二十歳を過ぎていました。

夜中までくだらないことを言って笑い合っていて、「電車がなくなったから泊めて」というようなことをよくやっていました。私の寝床は高さのあるセミダブルのベッドで、そいつは床に布団を敷いて勝手に寝てました。それでよけりゃそれでいいのですが、一応は「客」である相手を床に寝かして自分一人で高いベッドの上にいてもいいのかという気もありましたので、「めんどくさかったらこっち来てもいいよ」と言いました。相手は「これでいい」と言うので、そのままにしていましたが、それからしばらくたったある夜、そいつが「入れて」と言って、私のベッドに入って来ました。

私は「いいよ」と言って、「もしかして、そういうことかな」と思いました。ご想像通りのことです。しかし残念ながら、私は彼に対してその気がありませんでした。あったら、そんな悠長な構え方はしていません。だから、「いいよ」と言って、「もしそういうつもりだったらどうしようかな?」と、ちょっとだけ考えました。「向こうがその気になってきたら、まァ、応えられはするな」と思って、それまでです。

そういう複雑なことを考えていたのは私だけではなくて、相手の方も同じだったようで、朝になったらこう言いました――「男と一緒に寝てると思うと緊張する」と。

残念ながら、それは私も同じです。「向こうがそれとなく合図を送って来たらどうするかな?」と思うと、やっぱり緊張してよく眠れません。私はそういう男です。

私は私でいいのですが、さすがに若い彼は、本当に緊張していたらしいです。ベッドの隣りにいる顔には、緊張がありありと出て、強張っていました。それで私は「可哀想に」と思って、「するとしたってこの程度のことだよ」と言って、隣りにあった相手の頬に軽いキスをしてやりました。それで終わりです。

私は「親しさの程度」に関して厳密な人間で、あんまりへんなことはいやです。「好き」なら「好き」で、はっきりしています。この「好き」は、「恋愛感情を持っての好き」です。他人に対しては、まずそういうランクが第一にあって、その次に「恋愛感情はないけど、〃好き〃でもいい」が来ます。「来たかったら、こっちのベッドに来てもいいよ」と言った彼は、そこです。私はどうも、「出来る相手なら誰とでもいい」と考える人間ではないのです。よっぽど好きでもなかったら「一線」は越えません。かえって逆に、なんだかわけの分からない内に一線を勝手に越えられて、相手の混乱の中に巻き込まれるのがいやです。だから、「するとしたってこの程度のことだよ」は、嘘ではありません。中途半端なドキドキを長引かされるよりも、「ここまではOK」を明確にしといた方が楽です。もしかしたら、世間の男はこれと逆の考え方をするかもしれませんが。

私が頬にキスをすると、彼は「くすぐったそうな顔」をしていました。それだけです。別に向こうからキスを返すということもありませんでした。結局「その程度」で片はついたのです。

私は、男同士がどこに「親密」のラインを置くかで、ひそかにドキドキしたりうろたえたりしているのが好きではありません。なるならなる、ならないならならない、「好き」ならどの程度で「好き」かをはっきりさせた方が楽だと思うので、そういうことをしてしまいます。だから、私と彼の親しさの度合いは、その程度です。尋常のレベルを越えているのは確かですが、必要なものは必要なので、かまったことじゃありません。

私と彼とは「その程度」で、外に出ました。別に手をつないでるわけじゃありません。私はそれでOKと思っていたのですが、なんだか、彼の様子がへんです。いつもそんなことをするやつじゃないのに、妙にうつむいて歩いています。そしてその内、アスファルトの道の表面を見て、「きれいだねェ」と、少し頬を染めて言いました。そこは、酒屋の裏手に当たるところで、よくガラス瓶が割れて、細かいガラスの破片が道に散乱したままになっています。そこに朝の太陽が当たって、キラキラと輝いているのです。

私と彼がそこを一緒に通ったのは、初めてのことではありません。でも、そんなことを言ったのは初めてです。言っている様子も、なんとなくへんです。

私としては、その道が光っているのなんか、別に珍しくもありません。そこは、たまたまガラス瓶のかけらが落っこってキラキラ度が高いのですが、アスファルトの道路には、道がキラキラ光るようになにかが混ぜてあるところがあります。普段から私は、「これは石油化合物のなにかが光って見えるのか？　それとも、敢えてなにかを混ぜて光らせているのか？」と思っているので、突然の「きれいだねェ」発言に、「どうした、お前？」と思うだけです。

普段そんなことを言うこともない相手が突然へんなことを口にしたのを聞いて、私には答えようがありません。しかし相手は、私の「？」に知らん顔です。妙に自己完結したような様子で、別のところを見ています。ほんのちょっと上り坂になった道がいい天気の太陽に照らされて輝いている向こうでは、家の屋根がキラキラと光っています。それを見てまたしても、「きれいだねェ」と彼は言います。私に同意を求めていて、でも、私のことなんかちっとも気にしません。一人で完結して、「きれいだねェ」と言っています。そして、その視線の先では、太陽の光を受けたなにかが、キラキラと輝いているのです。私は、「どうしたんだ？」と思いましたが、それを口に出せませんでした。なぜかと言えば、相手の様子がへんだったからです。一人で自己完結して、勝手にくすぐったそうな顔をして、幸福そうだったからです。

その「へんな状態」は、それからしばらくの間続きました。太陽光線を受けて輝いているキラキラ状のものを見ると、くすぐったそうな顔をして、「きれいだねェ」と言うのです。

こういうことは、当事者より第三者の方が簡単に、事の本質を理解します。なんだって若い彼がそんなになってしまったんだ？——ということの答は、普通「恋」です。私だって、そう思わないわけでもありません。しかし、「恋」だったら方向が違うでしょう。別に彼は、私の顔を見て頬を染めているわけでもないのです。それが「恋」なら、「恋」としての進め方もあるでしょう。しかしだからと言って、彼が私に身をすり寄せて来るわけでもありません。彼は別に、「恋」という選択をしているわけではないのです。

話が「恋」だったら、よっぽど簡単です。私だって、別に不思議がりません。「恋」ではないから不思議なのです。はっきり言って私は、自己完結している小さな男の子の父親になってしまったみたいなのですから。

私が「不思議」と思うのは、まず第一に、彼が「キラキラした光」に反応することです。それ以外に「きれいだねェ」という反応を見せません。「世界には他にいくらでも〝きれい〟はあるのに、なんでそれだけに限定するんだ？」と思うと不思議です。

そうなってしまったことの直接の原因が、私の「軽いキス」にあることだけは確かだと思われます。そうすると私は、更に不思議です。「頬っぺたにキスをされると、脳のどこかにある〝光に反応する回路〟というものがオープンになるのだろうか？」と思います。どうやらそうらしいのですが、私がそれを不思議と思うのは、私が「それで開かれる回路は、普通〝恋の回路〟だろう」と思うからです。

残念ながら私は、「自分に魅力がないから恋にはならない」とは思いません。「世の中には、恋とは別の回路を開いてしまう人間もいるらしい」と思います。珍しく私に自信がないのは、「ほんとにそんな人間ているのか？」と思っていたからです。その頃の私は、まだ「美しいが分からない人間」がいるなどとは思ってもみなかったからです。

†だったら人生はつまらないじゃないか

なぜ彼は「キラキラ輝くもの」にだけ反応するのか？——この答の半分だけは、大体見当がつきます。人が、「光を放つもの」を美しいと思うからです。

金や銀や宝石を美しいと思うのも、太陽や月や星を美しいと思うのも、町の灯が輝く夜景を美しいと思うのも、それが「光るもの」だからです。人はどういうわけだか、「光るもの」を「美しい」と思います。あるいはそれは、人が自分から光を放つようなものではないからでしょう。

だからこそ、恋をした時、人は恋人の顔の中に「輝き」を見るのでしょうし、「世界がキラキラ輝いている」とも思えるのでしょう。人の「美しい」と思う実感の根本には、きっと「光」があるのです。だからこそ、「きれいだねェ」の彼も、「キラキラ輝くもの」に反応するのです。そして、もしもその彼が「恋」の中にいるのだとしたら、もっといろんなものに「輝き」を見るでしょう——私にはそうとしか思えません。ところがその彼は、「キラキラ輝くもの」だけにしか反応しないのです。

だから私は不思議に思います。「一体これはどういうことなんだ?」と思って、ある「仮説」を頭に浮かべます。「もしかしたら彼は、この以前に〝美しい〟と実感したことがないのか?」です。

それも間違いではないと思えるのが、彼の様子が子供みたいだからです。生まれて初めて目を開けて、世界が光に満ち満ちていることに気がついて、眩しさに目を細めているようです。

それくらいは分かります。分からないのは、そうなってしまっている彼の精神構造です。そうなるに際して、この私がなんらかの形で関与していることは言うまでもありませんが、「俺はこいつにどういう影響を与えたんだ?」ということになると、これまた分かりません。分からないのは、彼の中でなにが起こっているのかが分からないからです。

私は唐突に、「彼はこれ以前に〝美しい〟と実感したことがないのか?」と思って、その信憑性が理解出来ません。どう考えても、それが自分には起こりえないことだからです。

美しいものを見たら、私は「美しい」と実感します。それはずーっと以前からそうです。ずーっと目を閉じていて、いきなり目を開けた途端、「世界は光に満ち満ちている」などと実感することはありません。なぜかと言えば、目を開けて外を見ている自分に「ずーっと目を閉じている」などということが起こりえないからです。「目を開けて見ているのに、〝見ていない〟などということがなんで起こりうるんだ？」と考えると、まったくわけが分かりません。「美しいが分からない」ということ自体が分からなくて、「〝美しいが分からない〟ということが起こりうる」ということが分かりません。

私にとっての「美しい」は一目惚れみたいなもので、「美しいもの」に対しては、いきなり「美しい」と思います。この「美しい」は、「好き」とほぼ同義語で、その点で私は清少納言的な人間です。

私は「美しい＝好き」と思って、そこから更に別の問題を派生させます。簡単に「美しい＝好き」が成り立つようなものを発見すると、その横に「あまり美しい」とは思えないものもあるからです。青い空を流れる雲を「美しい」と思って、でも、「雲」がない「青い空」だけは好きになれなかったとか、「花」は好きでも、花のない「葉っぱだけ」は好きになれなかったとかいうことです。私の「美しい＝好き」は、ほとんど人間関係とおんなじで、「好きな子は好きだけど、好きになれない子は好きじゃない」です。その状態をそのままに放置しておくと、「好き嫌いの多い人間」にしかなりません。

私はもちろん「好き嫌いが明確な人間」なのですが、その一方で、「どうしてこっちは好きなのに、あっちは好きじゃないんだろう？」などと、面倒なことも考えてしまいます。「花だけ好きで、葉っぱは好きじゃないなんて言ったら、葉っぱに悪いから」と思って、葉っぱの緑を好きになろうと思います。「好きになろう」と思って、「どうしたら好きになれるのかな」とあれこれ眺めている内に、「あ、どうしたんだろう？　すごいきれいだ」などということにもなってしまいます。「初めは好きじゃなかったんだけど、一緒にいる内にだんだん仲よくなってきて、今は大好き」というようなものです。もちろん、すべてがそうなるわけでもなくて、「初めは好きじゃないと思ってたんだけど、つきあっている内に、そういやなやつじゃないなということが分かった」という程度のこともあります。私の「美しい」に関する実感は、ほとんど「人間関係における好き」と同じで、自分がずーっとそうやって生きて来た以上、その体験一切がないということが、自分には想像出来ないのです。

私はもしかしたら、「美しい＝好き」が人より過剰な人間で、そのために、十代の終わりから二十代の初めにかけては、旅行が出来ませんでした。人と一緒でもだめで、一人でもだめです。

行くとなったら、かなりの覚悟を必要としました。なぜかと言うと、旅行なんかに行ったりしたら、周りのもの全部が「美しい」という刺激に変わって、体の中に入り込んで来てしまうからです。

人と一緒にいて、自分一人が「美しい」を感じて、ボーッとやるせなくなってしまうなんていやです。一人でいて、やるせなさを放置したら、たまらなくなって、泣き出してしまいます。さすがに「これはちょっと困る」と思って、私はひそかに「美しいを感じない訓練」までしました。つまり、「なんにも感じないようにする」です。

それをやって、なにかいいことがあるのかと言うと、なんにもありません。「生きてる実感がしない」と思って、体のどこかに、やるせなさと「生きることに対する不満」が蓄積してしまいます。ちっともおもしろくはないけれど、私はそれを「社会人になる訓練だ」と思ってやりはしました。私のぶっきらぼうとか冷淡さはその訓練の結果で、私の思うことは、「自分はつくづく社会人に向かない人間だな」という、それだけのことです。

それが意図的な訓練の結果であるというのなら、まだ分かります——ちっともおもしろいことじゃありませんけど。しかし、それが意図的な訓練とははずれた、「初めっからそうだったから」になると、私にはわけが分かりません。「〝美しい〟が分からないまんまでいたら、人生なんかちっともおもしろくないじゃないか」と思うだけです。

「果してそんなことがあるんだろうか？　人はそんなことが可能なんだろうか？」と思ってしばらくすると、今度はまた別口がやって来ました。

キラキラ輝くものを見て「きれいだねェ」と言う彼は、私より十歳以上年下ですが、今度の相手は、私とほぼ同年代の男です。つきあいは長いです。今度のシチュエイションは、夜の道です。住宅街だったと思います。それがどんな月かは忘れましたが、空に月があったことだけは確かです。

私達はなにかを話しながら歩いていて、それは別にシリアスな話でもなかったと思います。しばらくすると彼は、ほとんど唐突に、こう言いました。

「僕だって、一人で月を見ていることはあるんだよ」

それはもちろん、誇らしげな口調ではなく、寂しげな口調です。私は思わず相手の顔を見ましたが、私に分かるのはそれだけです。前後の脈絡がないままに飛び出した言葉の意味が分かりません。

いきなり「僕だ〻〻って」の併列がくるのは、他にも「空の月を見る人」がいてのことです。そのシチュエイションで該当するのは、私しかいません。しかし私は、彼に向かって、「僕は一人で空の月を見てるんだ」などと言った覚えがありません。その時に、二人揃って月を見ていたわけでもありません。それなら私は、その時の月がどんなだったかを覚えているはずです。だから私は、「一体この人はなにを言い出したんだ?」と思うしかありません。

もちろん、私は作家なので、その時の彼がなにを言いたがっていたかを、一般論としては分かります。そんな言葉が飛び出すシチュエイションは、普通「恋」だけなんですから。

「僕だって、一人で月を見ていることはあるんだよ」なんて言葉は、普通、「君のことを思って」と一対になる言葉です。「僕だって、一人で月を見ていることはあるんだよ」なんて言われたら、普通は、「え?」とか「なぜ?」とか、やさしく聞き返すことになっています。じゃなかったら、黙って相手の目を見つめて、次の言葉を待つだけです。そうすると、相手の口からは、「君のことを考えてると」とか、「君が好きなんだ」という言葉が出て来ることになっています。「僕だって、一人で――」は、そういうシチュエイションの中にだけ登場する言葉です。

私は結果として、「待つ」を選択していました。相手の目を見てはいましたが、その顔はポカンとしています。「どうしたの一体?」と思っているからです。その顔は、あんまり「やさしい表情」ではなかったでしょう。

私はポカンとして相手の顔を見つめ、その彼はなんにも言いませんでした。私達はまた歩き続けて、それっきりです。私はただ「どうしたんだ?」と思って、なんにも言えませんでした。そして、「どうしたんだろ?」と思いながら、私は、自分の沈黙が彼を傷つけてしまっただろうということだけは理解しました。

彼が「一人で月を見ていることもある」と言うのは、「そんな自分を分かってくれ」と言うことです。それくらいは分かります。分かるのはそれだけで、それを言う彼が「どんな彼」かは分かりません。「こんな僕を分かってくれ」には、「寂しい僕のありようを分かってくれ」から、「僕を愛してくれ」までの幅があります。その広すぎる幅のどこを択《と》ったらいいのかが、私には分かりませんでした。それで、「どうしたの一体?」と思って、次の言葉を待っています。私の沈黙は、「で、一体どうすりゃいいの?」でもあります。

別に、昨日や今日のつきあいでもないので、「なんでも言えばいいじゃない」と私は思っていて、でも、その後に言葉はありません。ないことによって、私は彼の心を傷つけているのです。そのくらいデリケイトなシチュエイションだということだけは分かっていたのですが、でも「どうすればいいか」に関しては分かりません。その状況をどっちに持って行くかの決定権は彼の方にあって、なんだか分からない私にはありません。だから、そのデリケイトなシチュエイションは、「それっきり」で終わりです。

その時の私は、まだ『徒然草』に手をつけていませんでした。そんなことをやるようになるとも思っていませんでした。だから私は、自分の目の前にいる人間が『徒然草』の作者と同質の人間だとは思いませんでした。「十二月の二十日過ぎの月」を見ている『徒然草』の作者は、その月を見ていながら、その月を見ていません。ただ、「それは見る価値のない月である」という、世間の常識を見ています。だから、その結論である「心ぼそきものなれ」が、人の胸に届きません。世の人の常識と合体して、「心細い＝やるせない」の自己完結をしてしまっているからです。「僕だって、一人で月を見ていることはあるんだよ」は、『徒然草』第十九段の、「すさまじきものにして見る人もなき月の寒けく澄める廿日あまりの空こそ、心細きものなれ」と同じです。自分一人で言うのならいいけれども、人に向かって言っても、「だからなに？」にしかなりません。

私は、「そんなことってあるのかな？」と思うのですが、やっぱり、そんなことはあるのです。そんなこと——つまり、「美しい」という実感を持たないです。

✝ふたたび、「美しい」が分からない人

二十年ばかり前の私は、「もしかしたら自分は、とんでもないことに行き合ってしまったのだろうか？」と思いました。

「一人で月を見ることもある」と言う彼とは、その以前に、「美しい」に関する話なんかしたことがありません。するとしたら「おかしい」に関する話だけで、それで一緒にゲラゲラ笑っていられればそれでいいと思っていました。だから私は改めて、「よく考えたら、俺は男と〝美しい〟

の話なんかほとんどしたことないな」と思いました。そう思って私は、「〃美しい〃を話さなかったからそのことは検証しないままでいるけど、もしかしたら、男というのは、〃美しい〃が分からないのだろうか？」と思います。「すべての男がそうではないにしろ、もしかしたら、圧倒的多数の男は、〃美しい〃を実感することなく生きているのだろうか？」と思います。その時の私が感じた「行き合ってしまったとんでもないこと」というのは、そのことです。

「男とはそれをしたことがないな」と思う私でも、女相手となら、いくらでもそんな話をしたことがあります。「あれ、きれいだよ」と言って、「きれいだから見に行こうよ」と言ったことなんて、いくらでもあります。それが女とは当たり前に成り立って、男とは成り立たない。だから「なぜだ？」と思うのです。

人が二人称の関係の中で「きれい」だの「美しい」だのを口にする時、そこに愛情が隠されているのは、言うまでもありません。自分が「美しい」と思うことを人に語るということは、「それを〃美しい〃と思う自分を理解し、共有してもらいたい」と思うことですから、二人きりの関係で「きれい」だの「美しい」だのという言葉が出たら、それはなんらかの愛情表明です。だから、「あの時あそこで、私は〃美しい〃と言ったのに、あなたはそれに反応せず、それを言う私の心を受け留めてくれなかった」と言って、突然怒り出す女というのが、時々います。

二人称の関係の中で、「きれい」だの「美しい」が愛情表明の言葉になっていることは言うまでもありませんが、しかし、キラキラ輝くものを見て「きれいだねェ」と言っている彼は、別に私に愛情表明をしているわけではないのです。はたから見れば「紛れもなくそう」であっても、「きれいだねェ」と言う彼は、声に出してひとりごとを言っているだけなのです。だから、そのそばにいる私はなんともしがたく、「自己完結している子供を見守る親」になるしかないのです。

　私に向かって明瞭に「僕だって――」と語る彼の言葉には、そこにあってしかるべき「美しい」という言葉がありません。そこに「愛情」は歴然としているにしろ、「美しい＝寂しい」が欠けてしまっているから、「それで、俺にどうしろっていうの？」にしかならないのです。

「美しいが分からない」を前提にしてしまうと、「美しい」とか「きれい」という言葉が、感情とは連動しません。だから、「美しい」とか「きれい」という言葉が、なんだか意味不明な抽象語になってしまうのです。「なんで、自分は女相手にしか〝美しい〟の話をしないのか？」に関する答は、ここからしか出て来ません。女相手にその話が成り立って、男相手にその話が成り立たないのは、女が「美しいが分かる」に対して、男がそうではないからです――そう思って、「でもちょっと待てよ」と思いました。よく考えたら、「美しい」に関する話をする男友達だっていたからです。

「あれ、きれいだよねェ」「うん」が簡単に成り立ってしまう男だって、よく考えたらいました。簡単に合意が出来て、その時には簡単に仲よくなっていて、特別にややこしい問題を派生させない男だっています。もしかしたら、結構いっぱいいるかもしれません。いっぱいいてピンとこないのは、それが「どうってことない当たり前の関係」になっていたからでしょう。「愛情」という言葉は、時としてあまりにも「重いもの」のように扱われすぎるきらいがありますが、しかし一方、愛情というものはけっこうシンプルで、あっさりと軽いものです。だから、「美しい」を話していても、そこに「濃厚な愛情」があるというわけではありません。ただ当たり前に、仲がいいだけです。だからなんなのか？　男が男相手に「美しい」の会話を成り立たせないのは、別に「危険な愛情」を忌避してのことではない、ということです。

とりあえず「愛情」は関係がない。だとしたら、なぜある種の男とは、「美しい」の会話が成り立たないのか？――それを考えて私は、唐突に「敗北」という言葉を連想しました。

もしかしたら、「美しい」と感じることと、「敗北感」はどこかで関係があるのではないか？――私は唐突にそう思ったのです。

なんでそんなことを感じたのかと言えば、この私が、「あんまり〝美しい〟を感じすぎると社会生活が出来にくくなっちゃうから困るなァ」と思っていたからです。「美しい」を感じて「やるせない」になって、その結果自分の無能を露呈させてしまうのは「敗北」ではないのかと思ったのです。

私はそれを、「いいとこ衝いてる」と思いました。「この人間に〝美しい〟を持ち出しても、自分は理解されないで〝敗者〟になっちゃうな」と思って、それで私は、「誰に対して〝美しい〟を持ち出すか?」という判断をしているようにも思いました。そしてそれは、自分だけではないとも思いました。

「自分はこれを美しいと思うが、あなたはどう思うか?」という種類の話を持ち出す時、人はたいてい「おどおど」に近い様子を見せます。それを見せない人間は、詐欺師かセールスマンの親戚で、どうでもいい人間です。どういうわけか、人は「美しい」を人と共有しようとする時、「敗者」のような表情を見せます——私は、そういうことが多かったと思いました。

「男相手に〝美しい〟を提出して、これを撥ねつけられたら敗者になる——それがこわくて、男相手には〝美しい〟を言わないんだな」と思って、「だとしたら、その相手は男に限らないな」と思いました。「人の言うことを撥ねつけそうな女に、自分は絶対に〝美しい〟を持ち出さないな」と思ったからです。

どういうわけか私の中で、「美しい」への実感は、「敗北」とからみ合っています。「なんでそうなるんだ?」と思って更に考えると、そこにはもう一つの要素が登場します。「孤独」です。「孤独と敗北と〝美しい〟は、なんだか妙な連関を持っていて、それが、普通の人間にあまり〝美しい〟を言わせない原因になっているのではないか」と思いました。既に私は、「〝美しいが分からない〟は、自分が思う以上に根深く広範な問題ではないか」と思っていたのです。

私にとって、「美しいを感じる」は、当たり前の事実です。しかし、それを「当たり前」とする自分が、「いたって普通の当たり前の人間」として遇されて来たかと言ったら、話は別です。私はずーっと「変わり者」で、「変わり者」を自分の役回りだと心得ていました。

小学校の高学年から中学、高校までの間、私は、騒々しくていつも笑っていて、少しの間でもじっとしていない少年でした。それが私の獲得した社会性で、そうあることが心地よくもあったので、それでいいと思っていました。今でもそう思っています。ところがその一方で、私は美しいものを見たり聴いたりすると、唐突にジーンとなってしまいます。下手をすれば、平気で涙を流します。自分の中には「二つの異質なパーソナリティ」が同居していて、「どっちが本当の自分なんだろう?」と、私はいつでも迷っていました。

でも、どっちも「本当の自分」です。どっちかを切り捨てることなんて出来ません。当人的にはそれでいいのですが、その自分を他人に説明するとなると困ります。「Aでもあり Bでもある自分」などというのは、自分を説明することにならないのではないかと思いました。そしてまた、「AでもありBでもある自分」と言って、「だから自分はカクカクシカジカ」と結論付ける能力なんかないと思いました。「"美しい"と感じてジーンとなってるなんてことは、自分の内部の問題なんだから、別にそんなこと言わなくてもいいか」と思いました。つまり、「美しいが分かる自分」は、「美しいが分からない自分」にたやすく敗北していたということです。たやすく敗北していても、やっぱりそっちも「本当の自分」です。だから、時々うっかりすると、「美しいが分かる自分」が顔を出しています。そうするとどうなるのかというと、ただ笑われるだけです。お笑い芸人が二枚目俳優の真似をして笑われるのとおんなじです。そういう経験をして、「そうか、自分は〝美しい〟が似合わないんだ」と思いますが、なんとなく腹が立ちます。おとなしく敗北感の海に沈んでいたいと思いません――そうだったことを、三十も過ぎてから思い出しました。

「似合わねェ」と言って笑ったやつの顔が、なんとなく思い出されるような気がします。なんとなくムカつくと思って、「もしかしたら彼等は、〝美しいが分からない〟の人間だったのではないか？」と思います。「世の中には〝美しいが分からない人間〟がいる」と思うと、それはあながちウソとも言い切れません。だとすると私は、「美しいが分からない人間」に対して、ずーっと負け続けていたことになります。私は鈍いので、そこまで来てやっと、「そうだとすると、自分に関する謎が解ける」と思いました。「自分に関する謎」と同時に、なぜ「美しいが分からない人」が野放しにされているのかという謎も。

どういうわけか、「美しいが分かる人」は、敗者なのです。勝者、あるいは強者になりたかったら、「美しいが分からない」を選択しなければならない――どういうわけか、世の中はそうなっている。「そんなもん選択したって、ちっともおもしろくないじゃないか」と私は思いますが、どういうわけか、世の中はそうなっているのです。そう思って私は、「人はなぜ〝美しい〟が分かるのか」をテーマにした本を書きたいと思いました。思ってすぐにやめました。「書いても一般性がない」と思ったのです。「それを書いて、またへんな風に〝敗者〟のレッテルを貼られるのなんか真っ平だ」と思ったのです。

時は一九八〇年代の中頃で、日本がバブル経済へと進んで行く頃です。誰も彼もが「勝者」になって、「美しい」などということは見向きもされません。されない方が幸せでしょう。その時代、「美しい」は「金になる」というルートに乗って、たやすく「美しくない」に変わって行ったからです。

私は、「こんなことどうでもいいや」と思って、別の仕事に取りかかりました。そしてその合間に、自分の過去を振り返っていました。「〝美しいが分からない〟はいいが、じゃ、それに対する〝美しいが分かる〟ってなんだ?」と思いました。その手掛かりは自分の中にしかなくて、自分を「美しいが分かる」という方向から検討したことがなかったので、忘れていたり覚えていたりする過去の記憶を頭の中からほじくり返して、あれやこれやを考えていたのです。

†一番最初の「美しい」という実感

自分が一番最初に「美しい」を実感したのがいつで、その対象がなんであったかを、私は明瞭に覚えています。明瞭に覚えていることだけは事実で、別にそれは「いつまでも抱きしめていたい過去の記憶」ではありません。「それを思い出せ」はいたって簡単なことで、「自分の人生という物語を、自分はあの時に始めたんだな」は、いたってあっさりした事実でした。

私が自分自身で「美しい」を実感したのは、小学校に入る年の春でした。まだ幼稚園に通っていた三月の、雛祭りの終わった頃だったと思います。

朝起きて、幼稚園に出掛ける前の時間、私は下駄を履いて庭を歩いていました。たいして広くもない庭に霜柱が立って、真っ黒な土の上を踏んで歩くと下駄の跡がついて、それがおもしろいので、一人で歩き回っていました。今から半世紀も前のことです。

庭のはずれには何本かの竹が植えてあって、後一、二カ月もすれば根元から細い竹の子が生えてきます。「まだ竹の子って生えないのかな」と思って、私はその根元を覗きました。すると、そこに見たことがないものがありました。緑色の——まるで自分の指先のような形をした小さなものが、黒い土の中から顔を出しているのです。私はびっくりしました。「なんだろう？」と思ってドキドキしました。私が驚いたのは、それがあまりにも美しかったからです。

その光景はあまりにもスリリングで、私は初め、目の錯覚かと思いました。黒い土の中からほんのちょっとだけ顔を覗かせているものは、夢か奇蹟のように美しくて、放っておけば「嘘だよ」と言って消えてしまいそうに思えたからです。私は「なんだろう?」と思って座り込み、黒く冷たく潤っている地面の中から顔を覗かせている、瑞々しい青緑色のものをじっと見ていました。

それは「水仙の芽」でした。でも私にはその正体が分かりません。もちろん、その以前から私は花が好きでした。「花=きれいなもの」と認識して、じっと見ていました。でも、その時地中から現れた水仙の芽の見せる美しさは、私の知る花の美しさとは全然質の違うものでした。なんだか分からないのに、見ているとドキドキして、目が離せなくなるのです。幼稚園から帰って来ても、一人で庭に行ってそれを見ていました。「もしかしたら消えてなくなっちゃうのかもしれない」と思っていたそのものは、消えてなくならずに、まだそこに健在でした。ますますその形を明確にして、私の前で光り輝いているようでした。竹取りの翁がかぐや姫の入っている竹を見つけた時は、おそらくそんな感じだったのではないかと思いました。土の中から出ている「光り輝く緑の指のようなもの」を見ることが、それ以来、私の朝と昼と、それから暇さえあればいつでもの、日課のようになってしまいました。

私はそれを「美しい」と思い、どういうわけだか唐突に、「これが自分だったらいいな」と思いました。どうしてだか分かりません。それを「きれい」と思うことと、「これが自分だったらいいな」と思うことが、いとも簡単に一つになってしまうのです。

もうすぐ六歳になろうとする五歳の私は、自分のことをそんなにも美しいものだとは思っていません。だから、「これは自分だ」と思うことにためらいがあります。だから、「これが自分だったらいい、自分がこんなにも美しいものであったらいい」と思うのです。その水仙の芽は、五歳の私にとって、「希望」という言葉の持つ輝きと同じ質の美しさを持っていました。もちろん、五歳の私は「希望」などという言葉をまだ知ってはいませんでしたが、その言葉を知っていたなら、「希望というのは緑色に輝くもので、地面の中から生えて来るものだ」と解釈してしまっていたでしょう。

なんでそんなことを感じていたのかと言えば、その頃の私が「自分はもうすぐ小学生になる」ということを強く意識していたからでしょう。その頃、家が改築して新しくなりました。その他にもいろいろの環境の変化がありました。「自分は小学生になる」は、「自分も小学生になる」で、それは更には「自分は大人になる」でもありました。そのことが輝かしく思えたから、「小学生になるんだ!!」と思っていたのです。でも、ことはそう単純じゃありません。未来の希望に燃えているだけの子供だったら、庭の隅に芽を出した水仙の緑をじっと見てなんかいないでしょうし、「これが自分だったらいいな」などという複雑なことも考えないでしょう。それをするのは、どこかに「不安」があるのです。それを「美しい」と実感させるような人間関係の幸福があって、と同時に、その美しさを「自分の支え」にしなければならないような「不安」も、その頃の私にはあったということです。

その内に私は、それが「水仙の芽」であるということを、叔母だったか祖父だったかに教えられます。水仙がどんな花かということを知っている私は、「自分の家にもああいう花が咲くんだ」と思います。私の家の庭は祖父の趣味で作られたもので、私の好きな草花がありません。江戸から明治の頃の回遊式庭園のミニチュアのようなもので、石と葉物の緑が中心です。子供の私にはあまりおもしろくありません。「花が好き」というのは、「近所の家の庭に咲いている花が好き」という情けないもので、そんな自分の家の庭に「自分が好きであるような水仙の花が咲く」というのは、別種の喜びでもありました。そういう現実的な側面も加わって、私は「早く咲かないかなァ」と思って、四、五センチの大きさに伸びた水仙の芽を、変わることなくじっと見続けていました。

ところが、その内に妙な具合になって来ました。五センチが六センチになり、七センチ、八センチになって来た水仙の芽は、どうにも美しくないのです。球根の中から生まれて瑞々しく輝いていた「芽」が、成長して「葉」であることを歴然とさせて来るにつれて、初めの「瑞々しい輝き」をなくしているのです。それは、「花を咲かすことを忘れてぼんやりしているだけのマヌケな水仙」にしか見えないのです。私はなんだかいやな気になりました。それは、「お前の未来はこんなにパッとしないつまらないものだ」と言われているようなもんだからです。しかし私は、昔から自分の目で見たものをあまり信じないボーッとした人間なので、それをもまた「なにかの間違いではないか」と思います。「こんなにマヌケな水仙でも、いつかはよその家の庭にあるようなきれいな花が咲くんじゃないか……」と、いささか弱気になりつつ見守っています。よその家の庭ではもう水仙の花が咲いているのに、日当たりの悪い私の家の庭の隅の水仙には、一向にその気配がないから、なおのことです。

がしかし、天も見捨てたものではなくて、私の家の庭の水仙にも、ついに蕾の観察される日が来ます。霜柱があんまり立たなくなった庭の隅で、私の熱い待望の日々がまた始まるのですが、結果は無残なものでした。

私の知る水仙の花は「白い花びらの中心に黄色い筒が出ている」です。私の知る水仙の花は、あくまでも「白いもの」なのですが、庭の水仙の蕾は白くなりません。どういうわけか、どんどん黄色くなって行きます。水仙の花が「咲いている」という状態は知っていても、「咲くようになるまで」を知らないでいた私は、「白くなるためには、まず初めに黄色くなる――それが水仙の花である」などと勝手に信じ込もうとしましたが、哀れな私の思惑とは別に、我が家の水仙はどんどん黄色くなります。

そしてある朝、蕾の中から花びらが現れました。「わー、咲く」と思って、私は驚喜しました。

その現れ出た花びらが全然白くなくて、ただの真っ黄色であるという事実も、「まず黄色くなって白くなる」という勝手な理論をあてはめて喜んでいました。

一日二日たって、その花は真っ黄色になりました。期待していたものとはまったく違うものが出現して、私は悲しくなりました。「自分の家は呪われているからこういうことになってしまうのだ」と思いたいほどでした。

私が期待していたのは「白のラッパ水仙」であったのに、庭に出現したのは、それとは違う「黄色の八重咲きの水仙」でした。ただ黄色い花びらがゴチャゴチャしているだけで、中心の「ラッパ」に当たる部分がありません。その花は私にとって、ちっとも美しくないのです。私の願いは、不条理にも衝き崩されてしまいました。

†シンボリックな自分

私が水仙の芽にこだわって、「これが自分だったらいいな」と思っていたことには、別の側面もあります。私はあるものをなくして、その代わりになるものを求めていたのです。

その頃、私は自分のオモチャを全部捨てられていました。「もういらないね?」と母親が言うので、「小学校に入るということはそういうことなのだろう」と思う私は「うん」と言って、処分されてしまったのです。小学校に入る前の私はオモチャなしの子供になってしまったのですが、それは自分で了承した結果なので、あまり大事件とも思いませんでした。「小学校に入る＝大人になる」は、そうやって自分の中で明確に刻まれてしまったのですが、オモチャをなくした私は、別のもう一つ大事なものをなくしてしまっていることに気がつきました。それは、五月人形です。

五月五日の子供の日に飾る武者人形は、男の子が五歳を過ぎるともう飾られません。私の五月人形――中身は空っぽの鎧兜《よろいかぶと》一式は、押入れの奥にしまわれて、それっきりです。それを思い出したのは、雛祭があったからです。私には妹が二人います。母親は三人姉妹の長女で、家には独身の若い叔母もいます。当然雛人形が飾られます。私はつまらないので、押入れの奥から自分の五月人形を出して来て、一人で飾って遊んでいました。それを叔母が見つけて、「男の子は五つまでしか飾っちゃいけないんだよ」と言いました。私は初耳で、びっくりしました。「女は一生なのに、男は五歳までというのはなんだ?」と思いました。「なんだ?」と思っても、それはずーっと昔から決まっているというのです。押入れの奥にしまわれていた私の鎧兜は、次のシーズンを待ってしまわれていたのではなくて、用済みのまま、捨てられるのを待っていただけなのです。

なにがいやと言って、私はそれを捨てられるのがいやです。小さな鎧櫃《よろいびつ》の中に入っているバラバラの鎧兜を組み立てて飾るのは、幼い私にとって、最高の幸せでした。それは、ほとんど自分自身とイコールであるようなもので、それが永遠に消滅してしまうのです。オモチャがなくなるのはよくても、自分の分身がなくなるのはいやです。でも、どういうわけだか、世の中ではそれを、「五歳で終わり」と決めているのです。

それは、戦後すぐに作られたもので、そう贅沢なものではありません。面頬《めんぽお》は紙製で、そこに塗られた黒漆は剝げかけています。全体にガタが来ています。でも、好きです。それと一緒に、紙製の鯉のぼりもありました。それを飾る矢車のついた小さな旗竿も。そういうものが一切、自動的に消滅します。紙の鯉のぼりはもうボロボロで、「寿命が来た」を歴然と語っていますが、でもやっぱり好きです。そして、でもやっぱり、消滅してしまうのです。それを分かって、私はやっぱり、一人でこっそりそれを飾って遊んでいました。そしてその内に、もう一つないものに気がつきました。五月人形と一緒に飾る、花菖蒲です。

私の一番最初の「好きな花」は、花菖蒲です。杜若《かきつばた》でもおんなじです。好きな理由は、「美しいから」ではありません。それは、鎧兜に相応する、「シンボリックに自分を語ってくれるもの」なのです。鎧兜がなくなると、その花ともお別れです。私の家の庭には、紫色の花菖蒲や杜若が咲いていません。代わりに、黄色の黄菖蒲があります。水仙の黄色といい菖蒲の黄色といい、どういうわけか私の祖父は黄色が好きだったようですが、「黄色い花の咲く花菖蒲」なんて私はいやです。代わりに、紫色の花菖蒲がほしいのです。でも、それをねだれません。その花は、五歳が終わると共に消えて行く鎧兜とワンセットになっているものだから、それをねだってはいけないと思ったのです。

鎧兜は消えて行く、シンボリックに「自分」を語ってくれる花菖蒲もない——そう思う私の前に出現したのが、庭の隅の水仙の芽だったのです。「これが自分だったらいいなァ」と思う背景には、そういう物語がありました。

それは、果して「自分」なのかどうか？ 庭の隅で咲いた水仙の花は、思ってもいないような「へんな花」でした。私はその水仙が嫌いで、「つまんないな」と思いながら、また一人でこっそり、自分のための鎧兜を飾っていました。そして私は小学校に入り、五月になる前、気がついたら、押入れから私の五月人形は消えていました。「自分」を語ってくれるものはなにもありません。そして、小学校に行く私は、物の見事に「学校に適応出来ない子供」になっていました。後になって私は、「水仙になってしまった美少年ナルシス」の話を子供向けのギリシア神話を読んで知るのですが、その読後感は複雑でした。「そんなにへんな、自分が好きな子っているんだろうか？」と思いましたが、それは、ナルシスになれなかった子供のやっかみでしょう。

学校では不適応児になり、一年が過ぎて、また家の庭には水仙が芽を出しました。それはやっぱり、ドキドキするほど美しいのです。私はまた、「これが自分だったらいいなァ」と思って、じっと見ていました。「去年へんな花が咲いたのは、ちゃんと世話をしなかったのがいけなかったからだ」と思って、学校から帰って来ると、その芽に水をやったりしました。自分の見たものを信じたくない私は、「去年の黄色いへんな花は、なんかの間違いだった」と、思い込もうとしていたのです。

そして、「こうもありたい」と思っていた美しい水仙の芽は、成長するとや、っ、ぱ、り、美、し、く、な、く、て、「ボーッとしたマヌケな、葉っぱだけの水仙」になって、去年とおんなじ、「ちっともきれいじゃないへんな黄色の花」を咲かせました。『醜いアヒルの子』の逆です。初めは美しい水仙の芽が、「美しい水仙の花」にはなれないのです。考えてみれば、その結果は、もう一年前に出ていたのです。

そこから、私の学習すべきことは一つです。「いつまでも、幸福な過去に縛られていてはいけない」――既に学校で不適応児になっている自分には、簡単に出て来る答です。さまざまなものが、「もう終わった。後を振り向くな。前へ進め」と言っていたのですから、今更それを拒んでも仕方がありません。幸福な時は、終わったのです。「美しい水仙の芽」の語ることは、それだけでした。

それ以来私には、初めて見た水仙の芽が持っていた「輝くような美しさ」が見えなくなりました。水仙が嫌いになったわけではありません。その後も、水仙の芽が出ているのを見ると、「あ、水仙だ！」と思いました。今でも思います。でもそれだけです。白いラッパ水仙が嫌いなわけでもありませんが、特別に美しいとも思いません。「ほんとだったら、もっと美しく見えるはずなんだがなァ」と、どっかで私は首をかしげています。

「自分がこれだったらいいなァ」とその初めに思った水仙の芽は、一年たって、もう「自分自身」です。「その初めは美しく輝いていても、その後はない」――それを理解して、いつまでも「美しい過去」を追っかけることは出来ません。それを理解して、水仙の芽を見る私の目からは、「美しい」と思わせる実感が消えたのです。私の人生はその認識からしか始まらないので、私は、自分が生まれて初めて実感した「美しい」を、明確に覚えているのです。

†シンボリックな他者

そして、その後はどうなったのか？　別に、どうということもありません。焦っても焦らなくても、「不適応児」という事態はどうにもならなくて、その後の私は、ただボーッとしているだけです。

花の咲く季節には、近所の家へ行ってその花をジーッと見ていて、その季節が終わると、一人でボーッとして、空の雲を見ていました。その後の私は、一般には「孤独」と言われる状態の中で、自分の心の寂しさを満たしてくれる「美しい」という実感を探して、それを「友達」にしていただけです。

もう、自分の外側に「自分をシンボライズしてくれるもの」はありません。それは、「結局は美しくないもの、結局はパッとしないもの」として了解ずみなのです。自分は自分でしかない以上、自分の外側に「自分」をシンボライズしてくれるようなものはない——これぱっかりは明確になっていて、そうである以上、私の外側にある「美しい」を実感させてくれるものは、すべて「他者」なのです。ナルシスにはなりようがありません。

そして、だからこそ私は、そんな昔の自分に「孤独」というレッテルを貼ってもしょうがないと思います。それは、「早過ぎる自立の要請」であって、その要請を受け入れた当人は、「それは分かっているけどどうしようもない」と思って、ただボーッとしていただけです。私が孤独であって孤独でないのは、「自立の要請を受け入れた」という自覚が明確にあるからです。

私にとっての「美しい」は、「自分のあり方と連動してくれる他者」です。だから私には、十二月の月を「心細い＝やるせない」とだけ思って、それを「美しい」と思えない『徒然草』の作者がよく分かりません。その分からなさ加減は、王朝の美意識への疑問とも連動します。

それはそもそも、「美しいもの」なのです。その「美しいもの」が、「寂しげだから」とか「索莫としている気がするから」という一方的な理由だけで、「美しくない」とジャッジされてしまう理由が分かりません。それはただ、「自分の孤独を直視したくない」というだけのことだとしか思えません。

私は、「寂しげなもの」が、同時に「美しい」を成り立たせていることに感動してしまいます。

庭とは反対側の、私の家の裏側には「見捨てられた空間」がありました。建物と垣根にはさまれた日の当たらないところで、水洗式に至る前の「便所の汲み取り口」があるようなところでした。そんなところへは誰も行きません。放置された廃材の他には、苔とシダとドクダミしか生えていません。つまりは、「美しくないところ」なのです。梅雨の少し前の頃、私は探検気分でそこへ行って、びっくりしました。そこには一面に白い花が咲いているのです。ドクダミの花でした。

ドクダミの葉はいい匂いがしません。日の当たらないところに生えます。名前だって「ドクダミ」です。誰も「美しいもの」とは思いません。「美しくないもの」の代表で、ドクダミの葉っぱにさわったら、「エンガチョ切った」を宣言しなければいけません。そんなものなのに、誰も足を踏み入れないところで黙って咲いている白いドクダミの花は、とてもきれいなのです。静けさは緑で、花は清楚でした。私は感動して、「申し訳ない」と思いました。なんにも知らずにドクダミを差別していたことを恥じたからです。

だからと言って、「ドクダミの花ってきれいだよ」と、人に吹聴して回る気もありませんでした。そんなことを言って、人にへんな顔をされたくはなかったのです。それで私は、ドクダミの花と「秘密の友達」になりました。

私にとってドクダミは、「人に見返られない寂しげなもの」であり、と同時に「美しいもの」です。だから私は、感動してしまいます。その感動の理由は、「えらいなァ」と思うからです。「寂しかったら挫けてしまうのに、挫けずに美しいまんまでいるなんて、なんてえらいんだ」と思います。だから、「見習わなきゃ」と思って、寂しげに美しいものをまじまじと見てしまいます。見て、そしてやるせなくなってしまうのは、その「人に見捨てられて寂しげであるもの」が「美しい」のに対して、それを見ている自分が「美しくない」からです。そのやるせなさは、天にある月や雲に手が届かないことと同じです。瑞々しく輝く水仙の芽にさわっても、自分がその水仙の芽と同じように美しくなれないのと同じで、「お前なんかどうでもいいや」と思っていたドクダミの花が「きれい」でもあることに気づいてしまったこととも同じです。こっちはただ「寂しげ」なだけなのに、向こうは、寂しげでも「美しい」のです。だから、「えらいな」と思います。

そう思う私なので、私は「美しい＝合理的」をたやすく信じてしまいます。「美しい」は、寂しい境遇にも負けず、自分の持てる能力を十全に発揮している証拠だと、思えてしまうのです。「美しい」は、自分の能力を存分に発揮出来ている証拠で、「自分の本来が十全に発揮されている」とは、「美しい＝合理的」が成り立っていることなのだろうと、思えてしまうのです。

その見方はもちろん、「自分の無能」に悩んでいる私独自の「都合」によるもので、人は「合理的」という言葉を、そんな風に使わないのかもしれません。でも、私にはそういう考え方が必要だったのですから、それでいいのです。

人間は、「自分の存在を自分で作って行く」を必要とするものです。である以上、利己的にならざるをえません。自分は自分で、他の誰でもないからです。人間の「利己的」は「自分の存在を作る」の上にあって、である以上、そんな人間が自分の外部に「美しい」と思われるものを発見して、「無能でないとは、あのように調和的で、他から超然としていて、自分の存在を自分の存在として十分に発揮していることなんだな」と学習することは、全然悪いことじゃないと思います。

†それを実感させる力

そこまでは分かって、私にはある一つのことが分かりません。それは、「なぜその初めにおいて、水仙の芽を美しいと思えたか」です。私が今まで述べて来たことは、「私が〃美しい〃を実感せざるをえなかった状況」です。「欠落」があったから、その「必要」は生まれた。しかし、「欠落」だけでは、「美しい」の実感は起こりません。人にそれを起こさせるのには、それを可能にするだけの、「豊かさ」という力が必要です。実のところ私には、それがなんなのか、長いことよく分かりませんでした。

私はけっこう以上にしぶとい人間で、「あのまんまだったら、普通は死んでたかもしれないな」と思うようなことが、少なくとも人生に二、三回はあります。それでもそうはならずにいたのはなぜかというと、やっぱり「愛情」がからんでいます。気障《きざ》な言い方をすれば、私は根本のところで、「世界は美しさに満ち満ちているから、好き好んで死ぬ必要はない」と理解しています。なんでそんな認識が宿ったのかと言えば、人の愛情がそれを宿らせたのです。「人の愛情が、人に美しさを教える」は事実だと思っています。「愛されれば、世界は美しくなる」です。そこまではいいのですが、「じゃ、誰が自分にそれを実感させたんだ?」ということになると、よく分かりません。私の愛情の大部分は、「家の中」ではなくて、「家の外」で実感し獲得したものだからです。だから私は、「家の中は居心地がいいが、家の外は危険がいっぱい」というような考え方はしません。なにしろ私は、私自身の解釈によれば、「早すぎる自立」を要請されて、「家ん中にいるんじゃない! 外へ行け」ばっかりを言われていた子供なので、「家の中」があまりピンとこないのです。

ところがそうなると、また分からなくなります。水仙の芽を「美しい」と思った時の私は、まだ「家の中の子供」であったはずだからです。「家の中のなんだ？」と思ってもよく分かりません。分からないから、そこら辺は世間の常識に従って、「家というものの総体は大体〝愛情〟を実感させるようなものなんだから」程度でお茶を濁していました。なにしろ、その頃の私には、まだ『人はなぜ「美しい」がわかるのか』を書く、正式の予定というものがなかったからです。

昭和が終わってしばらくして、それが正式なものに変わりました。ちくま新書編集部の山野浩一氏が、「このタイトルに惚れた！」と言って、ゴーサインが出てしまったからです。そうなっても、私にはいろいろ予定があって、そう簡単には書けません。その頃の私は、東京と軽井沢を行ったり来たりしていて、やっぱりまた何年かがたってしまって、「そろそろ具体的な組み立てを考えてみるか」というところに来ました。一人で軽井沢の道を歩いていて――休日でもなければ軽井沢の道を歩いている人間なんかまずいないので、あれこれを考えるのには最適な場所です――結局のところ、「なに＝誰がそれを実感させたのか」というところだけが分かりません。「ま、いっか」と思って、一人でぼさーっと山――実は「ただの丘」を眺めていました。

青い空の下で、ぼんやりと薄紫にかすむ山のようにも見える「小高い丘」を見ていて、私はふっと、小さい子供の自分が、着物姿の祖母と並んで、その山を見ているような錯覚を感じました。

その幻のようなものを見て私が「懐しい」とも思わずに、ただ「へんだな？」と思ったのは、私には「祖母と一緒に山を見ていた記憶」なんかがないからです。それで言えば、「祖母と一緒になにかを見ていた記憶」というものさえありません。それで「へんだな?」と思っていると、幻の祖母は、小さな私に「もういいかい?」と言いました。言われて、小さな私は「うん」と言って、祖母の手を取りました。「そうか……」と思って、私はすべてを理解しました。

私は、人に「美しい」を実感させるのが「愛情」だと思って、その「愛情」を「特別に濃厚な愛情」とばかり解釈していました。それで言うと、私に「きれい」を見せてくれていたのは、結婚前の私の叔母です。叔母と一緒にきれいなものを見ていたという記憶はあります。「叔母ちゃんが好きだったから、叔母ちゃんと一緒にいると、なんでもきれいに見えたんだな」という一通りの解釈も成り立つのですが、それはどちらかと言うと、「遠い記憶は美しい」です。「水仙の芽の美しさを自力で発見させてしまう力」とは微妙に違うものであるくらいは、自分でも分かります。そこに、「祖母の幻」がやって来ました。

私は彼女にとっての最初の孫で、自分が「おばあちゃん子」であったこともよく知っています。祖母は当然、私を可愛がっていました。だからと言って祖母は、私に「美しい」を見せてくれたわけではありません。今にして思えば、私の祖母は「美しいが分からない人」です。だから私は、時々「おばあちゃんはなにが楽しくて生きてるんだろう?」と思ったこともあります。しかしその祖母は、私を決して叱りませんでした。

私はその初めからボーッとした子供で、大人と出掛けると、必ず「さっさと歩け！」と怒られます。なにかが目の端に引っかかると、ボーッとなってそれを見ているから、そういうことになるのです。ところが祖母は、そうなっても怒りません。私にとって、祖母と出掛けるのは、一番リラックス出来ることなのです。

私がボーッとなってなにかを見ていると、私の祖母も立ち止まって、一緒に待っていてくれます。しばらくして「もういいかい？」と言って、私達は手をつないで歩き出すのです。軽井沢の山ならぬ丘を見ていて思い出したのは、そのことです。

祖母に手を引かれて歩いていて、でもボーッとなった私は、すぐにその手を離して、一人でなにやら分からないものを見ています。「見ていてもいい」を実感させるのが祖母で、「自分でなにかを発見する」という力を与えるのだとしたら、その彼女の愛情以外にはありえません。「そうか……」と思って私が驚くのは、意外な結論です。

「愛情というのは、介入しないことか……」です。介入せずに保護して、その相手の中に「なにか」が育つのを待つというのが愛情か——と思いました。あまりにも素っ気ない結論ですが、それが一番私を安心させ、納得させる結論でした。

私の祖母は、それを意図的にやっていたわけではないと思います。「初めての孫」という愛すべきものに出合って、どう愛していいのか分からないから、愛すべきものの意志を尊重して、野放しにしていたんだと思います――その周囲で、きちんと愛すべきものへのガードをしながら。「それが、俺に〝美しい〟を実感させた力の根本か」と思いました。それだけの話です。

人の育ち方はいろいろで、その育ち方の中でいろいろなパーソナリティになり、その納得のしかたもまたいろいろですが、そういう育ち方をしてしまった私にとって、それが一番納得出来る答だった、というだけです。

気がつくと、私の愛情パターンは、祖母のようになっています。だから、突然「きれいだねェ」と言ってキラキラ輝くものを見るようになってしまった若者を見て、「子供を見守る親」のようになっています。私は祖母と違う近代人なので、「なにが起こった?」と、その謎を追求しますが、その前に、まず放ったらかして、相手の様子を見ています。

愛情というのは素っ気ないもので、もしかして一番重要なのは、「根本における素っ気なさ」かな、とも思います。それがないと、「自」と「他」の区別がつかなくなって、癒着が起こります。また、素っ気ないだけだと、あまり「愛情」として機能しません。だからこそ、愛情と素っ気なさの配合は重要だなと思うのです。

†それで、こんな喧嘩をしてしまった

何年か前、東京の都立高校の入学試験問題に、私の小説が採用されました。もちろん科目は国語です。

それまでにも、大学入試や大学入試に関連する模擬試験の国語の問題として、私の文章が採用されていたことは何度かありましたが、私の知る限りでは、小説が採用されたのは初めてです。高校入試というのも初めてだと思います。それで、東京都から送られて来た封筒を見て、少しびっくりしました。

私は、自分と日本の学校教育との間に「どうしようもない違和感」があるなと思っています。それをいつくらいから感じ始めたかと言えば、小学校の後半くらいでしょうか。だから、封筒の中にある入試の問題用紙と解答用紙を見た私は、少し驚きました——「いつから俺の文章はこんなに立派な扱いを受けるようになった？」という気持ちです。

その昔、学校の教科書に載っている文章を見て、「この人の文章をもっと読んでみようかな」という気になったことは、一度もありません。国語の試験問題になるような人の文章は、もっと積極的に、「読みたくない」と思いました。罰《ばち》が当たったのかもしれません。「自分が若い子からそういう風に思われる作家になってしまうとは」と思いもしましたが、まァ、それはどうでもい

いことです。

私の文章が採用された問題は、「長文解釈」に属するものです。「次の文章には、父と子が二人で汐干狩をしている場面が描かれている。これを読んで、あとの各問に答えよ」というものです。作品は、『つばめの来る日』(角川文庫刊)というタイトルの短編集に収められている、原稿用紙三十枚ほどの『汐干狩』という短編小説で、その一部が問題として掲載されていました。

小学校に上がるか上がらないかくらいの年頃の男の子が、三十代前半の父親と二人で汐干狩に行った、浜辺のシーンです。都会育ちの男の子は、もちろん汐干狩になんか行ったことはありません。慣れないシチュエイションでウロウロして緊張して、やっと自分のいる場所に慣れます。クマデでやっと掘り当てた貝を掌に取って、しかしそれは死んだ貝なので、掌の中でいじり回している内、二つに割れてしまいます。貝の中には黒い砂しかなくて、父親は「なんだ死んでたのか……」と理解をしますが、息子の方はそれが理解出来ません。ただ、《泣きそうな顔をして、黒い砂を吐き出して破裂してしまった掌の貝殻を見ている》——東京都教育庁の学務部高等学校教育課の入学選抜係は、ここを問うわけですね。「この表現から読み取れる子供の様子として最も適切なのは、次のうちではどれか」と。

選択肢は、アイウエの四つがあります。私が解いた答は、「ア　感触を手で確かめようとしただけなのに貝が壊れてしまったことに驚き、言いわけをしようと必死になっている様子」です。

ところが、一緒に送られて来た「正答」の表を見ると、答が違います。正しい答は、「イ　握りしめていた美しい貝が掌の中で突然壊れてしまったことに動揺し、どうしてよいか分からずとまどっている様子」になっています。こりゃどうあったって間違いです。私は、そんな単純な子供なんか書きません。現にこの後には、「さっきまで掌の中で転がっていた丸いものが二つに割れてしまったことを、まるで悪いことをしたかのように、こわがっている」という文章が続きます（傍点は現在の筆者）。

子供が「悪いことをした」と思ってこわがったらどうするか？「僕のせいじゃない」と言いわけをする――しようとします。言いわけをしようとして、自分のいる状況が、普段の自分の知っているものとは全然違うから、なにをどう説明していいのかが分からず、おびえて、「泣きそうな顔」になるのです。だから、答は「ア」です。「美しい貝が掌の中で突然壊れてしまったことに動揺し、どうしてよいか分からずとまどっている」などということは、五つや六つの男の子には起こらないし、高校受験の年頃の子にも起こりません。私はそのように思います。

だから私には、ここで突然「美しい貝」などという動機づけが登場することが理解出来ません。「美しい」と思うことは、ある種の学習の結果で、それがすまない限り、「美しい貝が突然壊れて」などということにはならないのです。そして、実は私がこの「父と子二人の汐干狩シーン」を書いたのは、そういうことをこの父子に学習させるためでした。だからこそ、この試験問題に抄録された部分の最後は、《父親の言葉に合わせて、雄太は自分の掌を開き見る。そして、感動したように目を輝かせて、「うん」と言う。その幼い息子の向こうで、海はきらきらと光っていた》になります。

やっぱり私は、「美しい」を発見することの最初が、「きらきらしていることに気づく」だと思います。だからこの結びは、「学習の結果、子供は〝美しい〟を発見した」になるのです。私はそのように書き、掌の中で死んだ貝を見て泣きそうな顔をしていた段階では、まだそれが訪れていません。だから、「イ」は正解ではないのです。正解は「ア」なのです。でも、教育を担当する人達は、子供の言いわけを嫌ったのでしょう。「ア　感触を手で確かめようとしただけなのに貝が壊れてしまったことに驚き、言いわけをしようと必死になっている様子」は、それで「正解」として採用されなかったのだろうと、推測します。そして、「ああ、俺がある時期から学校教育に違和感を感じるようになってしまった理由はこれだな」と思いました。

実は、この小説には前段と後段があって、それを読むと、この父親が「子供好きな父親」なんかではないことがよく分かります。三十代前半のこの若い父親は、現実にうんざりしているのです――それも、いたってあっさりと。

家庭と子供のことは妻に任せている。自分は会社にいる若い独身ＯＬと不倫関係に陥っている。若い女に深入りする理由もなく、バレないように、淡々と現実の日々を送っている。夫は、妻や子と一緒の生活になにも期待するものがない。ただ、義務をこなす程度に淡々とつきあっている。そんな夫の心理状態を、結婚した妻が気づかないわけでもない。しかし、気づいたところでどうにもならない。だから、どっかで夫に知らん顔をして、自分の「妻」であり「母」であるパートだけを、淡々とこなそうとしている。インターネットで探したのかもしれない――「休みの日には子供を汐干狩に連れて行ってみよう」と独り決めして、夫の了承も取った。ところが、その当日になって、自分の実家の父親が病気で倒れてしまった。

娘は、自分の父親が気になる。胸の中で、父親が自分にとっての「男」というものの指標になっている。多くの女性がそうであるような、うっすらとしたファザコン状態にあって、それが夫との間に微妙な距離を作っているなどとは思わない。しかし、「入院したお父さんの様子を見に行かなければならないから汐干狩には行けない」と言う妻の背後に、若い夫は自分の不満の正体の一端を嗅ぎとる。「俺より実家が大事なんだろうから、行きたきゃ行けばいい」と思う夫は、そうなった時、自分が男の子を汐干狩に連れて行かなければならないということを理解していない――その程度に、家族のことに関心がない。「妻の指示に従っていれば、家庭のことはうまくすむ」と思っているだけの夫が、母親が独り決めにした汐干狩を楽しみにしているのかしていないのかよく分からない幼い子供を、一人で汐干狩に連れて行かなければならなくなる。

父親には、「積極的に子供とつきあっていたい」という気持ちがない。「家庭を家庭として成り立たせよう」と思う母親が間に入ってこそ成り立っている〝父と子〟が、母親抜きで果たしてつきあえるのか――というところで、この試験問題のシーンになります。

父親は、「子供というものは勝手に遊ばせとけばいいものだ」くらいにしか思っていません。父親からさしたる関心を持たれない子供は、慣れないシチュエイションにウロウロして緊張して、やっと慣れました。ところが子供は、「生きた貝」というものを理解していません。だから、「死んだ」を「壊れた」と理解します。そして、自分のしでかした〝とんでもない失敗〟に対して、《泣きそうな顔をして、黒い砂を吐き出して破裂してしまった掌の貝殻を見ている》だけになります。

その時に父親はどうするのか？　子供に関心のない父親なら、そのままにして放っておきます。子供に関心を持ちたくない父親だって同じです。この作中の父親もそういうものだったのですが、子供と一対一で向き合うしかなくなったこの若い父親は、「今この場に存在する子供との関係をうまく成り立たせなければいけないのではないか」と思います。だから、泣きそうな顔をした子供に対して、「いい、いい、いい」となだめるように言うのです。

「いい」と言われても、息子にはまだ状況が理解出来ません。関係を成り立たせようとした父親は、自分の努力が不十分だと知って、息子の方にさらに一歩を踏み出します。「お前が壊したんじゃないんだから」と、子供にとっては長すぎるとも思えるような、〝貝に関する説明〟を始めます。そして、それでもまだ事態を呑み込めない息子に代わって、自分から率先して貝探しを始めます。「来たくて来たんじゃない。言われて代わりに来ただけだ」と思っていた父親が、この時初めて、息子の先に立つのです。

「子供なんだから勝手に遊ばせとけばいい」と大人に思われても、遊び方を知らない子供は、知らないままで自閉します。それに対してどう介入するかが大人の義務で、若い父親は、やっと「放置されているだけの息子の悲劇」に気づきました。つまり、『汐干狩』という小説で私が書きたかったのは、「理由はいくらでもあるだろうけど、放置されているだけの子供は可哀想だ」ということです。

管理下にある子供は、自分の失敗に対して、すぐに言いわけをしようとします。それは、子供に失敗を克服するだけの強さが宿っていないからで、それを養うのが教育というものでしょう。「言いわけをしたがるのは分かるが、言いわけをしなくてもいい」という教え方をしないと、それが子供にとっての傷となります。「美しい貝」という観念を突然強制されるより、「言いわけをせざるをえない弱い心理」を認めてもらわなかったら、それこそ子供には立つ瀬がありません。父親が、「一緒にいてやろう、このシチュエイションをお前と共有してやろう」という気になったからこそ、子供はその「浜辺の情景」を理解したのです。だからこそ、海は「きらきらと光っていた」になります。私にとっての「愛情」は、この程度に濃厚で、この程度に素っ気のないものです。
それは、子供にとっての学習体験であり、と同時に、父親にとっての学習体験にもなります。ついに子供と一緒に汐干狩をしているだけになった父親の後ろに、いつか不倫相手の若いＯＬが立っています——それがこの小説の後段です。

たまたま通りかかっただけの不倫相手に対して、男は、「なにしてんだこんなとこで」と言って、濃厚に欲求不満をしたたらせているような女の表情を不快に思います。今まで、自分の現実に優先順位をつけなかった男が、その時、明白に優先順位をつける。父親もまた、子供に教えられるんですね。

大切なものとはなにか？　大切なものを発見するためには、大切なものとつきあわなければならない。「美しい」という概念は、その学習体験の中からしか生まれないものだと、私は思います。でも、この試験に通って都立高校に入学した子の多くは、「言いわけをするのは間違いで、〝美しい〟という観念をいきなり理解しなければならない」という選別にかけられてしまうのです。知らない間に、自分がその片棒をかつがされていたというのは、私にとって悲しいことです。

「〝教育〟という父親か母親は、やっぱり子供の相手をしてくれないんだな」と思います。「美しい」を教えたかったら、もっとちゃんと子供につきあってやればいいのにと、私は思うだけです。

——というようなことを、私は『国語通信』という雑誌に書きました。そしたら、抗議のお便りのようなものが来たそうですが、私は知ったこっちゃありません。抗議が来る理由なんか、分かりきっています。この試験問題では、子供が死んだ貝殻を発見して、それがまだ「死んだ貝」だということを知らない段階で、こんな文章があるからです。

《雄太は、物を言うかわりに、両手の指先でそれを突つき回していた。指先だけではもてあまして、その白く輝く美しい海の生き物を掌で握った。》

傍点は現在の筆者ですが、ここでこの小説の作者は、歴然と「美しい」と言っています。作者がそう言っているのなら、当然、これを「壊した」と思っている子は、「イ　握りしめていた美しい貝が掌の中で突然壊れてしまったことに動揺し、どうしてよいか分からずとまどっている様子」にならなければならない――そのように教育関係者は考えるんだろうなと、私は勝手に思います。「このような指示がある以上、その指示に従わなければならない」ですね。しかし、どこの世の中に、作者が地の文で書いた説明をそのまま我が事として理解する「登場人物」がいるでしょうか？「作者はこうだと言う、しかし、作中人物はそれを理解しない」というところで、小説というものは成り立っているのです。だから、作者が《海はきらきらと光っていた》と書いたって、作中の男の子がそれを理解するかどうかは分かりません。分からないけど、この作者は「それでいい」と思います。「自分はやるだけのことをやって、後は相手の問題だ」と思います。私はその程度に素っ気のない人間です。

「あらかじめ存在している指示に従え――それを正しいとするのが教育だ」という考えを、私はまったく支持しません。「ああ、やっぱり世の中は、相変わらず〝美しいが分からない人〟の方が支配的なんだな」と思うばかりです。

†そういうものはそういうもんだ

私が『汐干狩』という小説を書いたのは、死んだ祖母のことを思い出した後ではありません。軽井沢で山を見ながら「そうか……」と思う前に、私はこの小説を書いていました。私にとって、そういうものはそういうものでしかありません。「なぜそうなったか?」を考えて意味があるのは、その後の結果に納得がいかない時だけです。「なぜかは知らないが、これはこれでそういうもんだから、これでいい」と思っている時は、「なぜそうなったか?」は、どうでもいい問いなのです。水仙の芽を見て、「あ、水仙だ」と思うだけの強いモチベーションを残して、「水仙は水仙だから、別にそんな美しくなくてもいい」と思っているこの本の著者は、そのように思うのです。

あとがきのようなおまけ

ついでだから、もう少し続けます――。

†「孤独」は時間の牢獄である

「孤独」という言葉には、動きがありません。なんだか、時間が止まっているようです。それも道理で、「孤独」は、「もう孤独じゃない」という事実に訪れられた時に終わります。そして、それが終わった時になって、「今までは時間が止まっていたんだな」と気づくようなものだからです。

孤独である人の多くは、自分が孤独であることを意識しません。それを意識したら、「この状態からなんとかして脱出しよう」と思うのが孤独で、孤独であることに平静でいられることの方が不思議なのです。でも、どう見ても孤独でしかないのに、平静でいられる人はいくらでもいます。つまり、孤独であることに気がつかないのです。それも不思議ではないというのは、孤独が「時間の停止状態の中にいること」で、停止している時間の中にいる人に「時間を意識しろ」と言っても無駄だからです。

孤独というのは、はたの見る目が知るもので、当人の知るものではありません。だから、自分の孤独を意識しない人はいて、そういう人に「お前は孤独だ」と言ったって、「大きなお世話だ！」で喧嘩になるだけです。

孤独を自分で知るためには、自分を対象化することが必要になります。「対象化する」という作業は、「過去にする」という作業と同じで、「自分を対象化しよう」と思ったら、その時点から、時間は「過去」と「現在」にはっきりと二分されます――そうしなければ、対象化は起こりません。「対象化しよう」と思う「認識する自分」は、未来へ向かって動き続ける「現在」に属します。対象化される「認識対象としての自分」は、「過去」です。それをするのが、「対象化」という作業です。

もちろんこれは、他人に対しても同じで、批評という作業は、その対象を明確にすることから始まります。つまり、対象を「現在」と「過去」に二分することです。対象が死んだ人なら、全部が「過去」ですが、生きた人ではそうもいきません。だから、「既に終わっていること」だけが、批評の対象になります。その批評が「まだ終わっていない現在」にまで及んでしまったら、そこから先は、単なる悪口か、お世辞か、ラブコールです。批評に必要なのは、「終わってしまった領域の確定」で、だからこそ対象化は、「過去にする」を必須とするのです。

人が自分を対象化するのがむずかしいのは、人間が成り行きで生きているからで、つまりは、現在と過去の境が自然と曖昧になっているからです。だからこそ、過去と現在の間に一線が引けません。そして、脳はそんなにも多くの情報量を把握し続けることが出来ないので、「用済みだ」

と判断されたら、さっさと、「忘れる」という処理をされてしまいます。「過去」は忘れられて、頭の中にあるのは「成り行きの上にのっかった現在」だけなわけですから、ここで「現在と過去を二分せよ」と言ったって、「そんなムチャな」にしかならないのです。

ところが現代では、「自分の孤独」を理解する人がけっこういます。「自分を対象化する」という作業がけっこう一般化してしまった結果です。「自分は孤独だ」と認識して、当座は焦って、しかしその後は、案外平気で「自分の孤独」に安住してしまうわけです。言葉で言えばただそれだけのことですが、こんなことになってしまうのは矛盾で、そうなるには理由があります。

「自分を対象化する」というのは、その一方で「対象化された自分」を認識する、「もう一人の自分」を作り出すことです。それをしなければ、対象化の意味がありません。「過去と現在の線引き」とは、「認識される自分」と「認識する自分」の線引きで、この微妙にして明確な一線をはっきりさせないと、自分のすべてが「対象化されて過去になってしまった自分」になります。つまり、「動かない時間の牢獄」の住人になってしまうということです。それが「自己対象化の罠」です。

孤独を意識して、人間は普通、平静ではいられません。「孤独であれ、しかも平静にしていろ」という強制を甘受するのは、刑に服する囚人だけです。ところが、自分を対象化して、「自分は孤独である」と認識してしまうと、どういうわけだか、その囚人状態になってしまうのです。

「自己対象化」というのは、「自分で自分のありようをチェックする」ということです。別にそうむずかしいことではありません。「今日も元気だ！」も、「今日は体調が悪い」も、自分を対象化した上での判断ですから、そうむずかしいことではありません。そう判断したら、判断に基づいた行動をします。ところが、「自分は孤独だ」と判断してしまうと、その判断に基づいた行動が出来ません。「自分は孤独だ、どうしよう？　でも、どうしようもないからこのまんまにしとこう」になりがちです。「今日は体調が悪い——よし、このまんまにしとこう」という判断はかなりへんな判断であるはずなのに、「孤独」はそういう判断をさせがちです。

それはなぜなのか？

その最大の理由は、孤独から脱出することがむずかしくて、脱出に関する無能さが、たやすく「時間の囚人」になる途を選ばせるからだと思います。

それでは、なぜ孤独から脱出するのはむずかしいのでしょう？　その理由はいろいろあると思いますが、私は、普通とは違うことを考えます。私は、「孤独」というものの位置付けがそもそもへんてこりんだから、それで「脱出」という方向が見えにくくなっているのではないかと思うのです。

†「成　長《ビルトウングス》」が無意味になってしまった後で登場するもの

前にも言いましたが、日本の前近代に孤独はありません。日本だけでなく、それは全世界に共通するものだと思います。なぜかと言うと、「孤独」は近代が発見するものだからです。前近代のそれは、生活共同体を含んで存在する制度社会からの「転落」であって、多分に心理的なニュアンスの強い「孤独」ではありません。制度社会からの転落は、「罪」あるいは「罰」という観点から考えられて、「個なる転落は罰の最たるもの」と思われてしまうからです。

前近代の「転落」は、「個人」以前の「複数」で起こります。なにしろここは、「犯罪の連座制」が当たり前の社会なのです。殿様が間違いをしでかしたら、これに仕える一家中の武士と家族は全員「浪人」で、そのどんづまりを解決するために「殿様の仇討ち」という方法を選択するのも、仕方がなかろうと思われます。転落した一家は、「一家」という単位を獲得したまま夜逃げをし、恋人同士は、「恋人同士」という単位を獲得したまま、道行をして心中をします。「剥き出しの個になってしまったら発狂するしかない」という極端な認識があるからこそ、日本の前近代の文化は「狂乱物」というジャンルを作ります。ここには「個」という単位がないので、それを選択する個人は、「世を捨てる＝出家」という途を択るしかないのです。

前近代には「孤独」というニュートラルな規定はなくて、それは「なにかの因果」か、「罪に由来する罰」です。たとえて言うならば、「魔女の呪いでガマガエルに変えられてしまった王子様」や「一人で眠り続けるお姫様」が「孤独」です。それは、ほとんど「呪われてしまった運命」のようなもので、だからこそこれは、「奇蹟以外に脱出のしようはない」というところへ続きます。その「脱出しようのないもの」を、「脱出のしようはある」と書き直すのが、「孤独」を発見する近代です。

近代は、前近代の「呪い」でしかないようなものを、「孤独」という状況的で心理的なものに変えます。それがつまりは「孤独の発見」で、発見された「孤独」は、当然のことながら、「呪い」よりもずっと居心地がよかった――だからこそ、自分から進んで孤独を選択してしまうような、不思議な人達も登場してしまうのです。つまり、「文学青年」とか「文学少女」と呼ばれた人達です。

彼や彼女にとって、「孤独から脱出出来ない無能」などというものは、「孤独の中にいられる甘美」と比べれば、どうでもいいことになります。なぜかと言えば、前近代的な「禁忌」を排除してしまった近代の「孤独」は、その結果、「一人でいてもいい」という赦しになってしまっているからです。

ここで孤独は、「時間の牢獄」にはなりません。そうなってしまう人ももちろんいたでしょうが、その以前に孤独は、「自分だけの歌を唄える楽園」になっているからです。

かくして、「孤独」というものを発見した近代は、センチメンタリズムという美意識を生みます。つまりは「やるせなさ」で、この言葉をじっと見ていると、日本人の実際性がありありと分かります。「やるせない」は「遣る瀬ない」で、「舟を渡す場所がない＝手段が見つからない＝無能」だからです。「センチメンタル＝心理的《メンタル》なものを感じる《センチ》」が「無能の美」になってしまうなんて、実際性の限りではありませんか。

現代というのは、その後にやって来ます。だから、我々のいる現代から「孤独」というものを発見した近代を振り返ると、あることが分かります。つまり、「近代になって発見された孤独は、あるプロセスの一部として存在する」です。

それは、「呪い」でも「罪」でも「罰」でもなく、「個の自覚は必要である」というところから「孤独」は発見されて、それは、「人間は孤独を乗り超えてなんとかなる」というプロセスへと続きます。それがつまりは、「成長《ビルトウングス》」と呼ばれるもので、だからこそこのプロセスを書くものは、「教養小説」と呼ばれました。手っ取り早く言ってしまえば、「みんな悩んで大きくなった。お前も挫けずに頑張れよ」です。この基本モチーフがあったればこそ、十九世紀から二十世紀の半ばくらいまでは「発展の時代」になれたんだろうと、私なんかは思っています。

「孤独」を発見した近代は、これを「なんとかなる」の前のプロセスとして位置付けたのです。

私は、そのこと自体、間違ってはいないと思います。

ところが、この単純明快な基本原則は、あるところで壁にぶつかります――それが、二十世紀の後半です。初めは「大衆化の時代」だのなんだのと言われますが、つまるところは、「成長《ビルトウングス》」も教養小説も役に立たない」という壁の出現です。

なんでそうなるのかというと、別にむずかしい話ではありません。「みんな悩んで大きくなった」はいいけれども、「お前も挫けずに頑張れよ」路線で大人になった青年達が、ろくなオヤジになれなかった――ならなかったというだけのことです。

「自分は、ろくなオヤジになっているのか、いないのか?」――当人にとって、これはむずかしい自己の対象化を必要とする問いですが、はたから見れば、この答は明らかです。「あんたはろくなオヤジじゃない」と息子や娘に言われてしまえば、それまでです。一九六〇年代末の「若者の反乱」はかくして起こるのですが、それは間もなく新しい展開を迎えます。反乱した「若者達」の一部である「女」というところから、新たな火の手が上がるからです。それは、「世界はろくでもないオヤジ達で満ち満ちているけど、それを言うあんた達だって、ろくでもないオヤジ菌に汚染されてんじゃないの?」という批判でした。

若者はオヤジ達のろくでもなさを批判して敵対し、女は、その若者の中にある「男」を、ろくでもないものとして批判し、敵対する。社会の中に批判と敵対の連鎖反応が起こって、すべてはここで終わりのように見えますが、その混乱の中に、Uターン的な展開がすぐに現れます。男を批判した女達が、「人の批判ばっかりしてても仕方がない。もしかしたら、文句を言ってる私達には、〝文句を言うしかない〟という立場の脆弱さがあるかもしれない」と、批判の鉾先を自分達に向けるからです。「女のあり方」と連動して、「自立」という考え方が表に出ます。重要なのは「自立」ですが、これがあまり重要とは思われませんでした。だからこそ、「孤独」の存在するプロセスが見えなくなってしまったのです。

†「孤独」とは、「要請された自立」の別名でしかない

「自立」のなにがどう重要かというのは、「孤独」の誕生と、それを自覚し経験してしまった近代人の「その後」と関わってきます。重要なのは、「〝みんな悩んで大きくなった〟を理解したはずの近代青年は、なぜろくでもないオヤジにしかなれなかったのか？」という問いです。

まず、「孤独の発生」を考えてみましょう。

前近代に孤独はありません。前近代は、「こう生きて行けばいい」という、生き方のシステムがはっきりしている時代です。それが「制度社会」で、システムがはっきりしている以上、それに乗っかることが一番の大事です。大事である以前に、システムに乗っかっていない人間は、「人」としてカウントされません。制度社会は、小さなシステムの集合体で、制度社会に所属するためには、まずそこに存在する「構成要素としての小単位」に所属することが必要になります。

つまりは、「家」です。

制度社会で人は、「家」という小単位に吸収されます。「家」の中にはさまざまな「人の役割」があって、「生きる」とは、この役割をまっとうすることです――これが、前近代の社会における人のあり方です。

「家」は、社会の基本単位として存在して、社会は、多くの「家」によって構成される「巨大な家」です。だから、「国家」というのです。

人は、近代になると「近代国家」を作ります。しかし、「国家」というのは、「家」を基本単位とする前近代制度社会の考え方を前提とする言葉です。だからこそ矛盾が生まれるという結論はまだ早すぎるので、後回しにします。

前近代の制度社会に「孤独」がないのは、この基本単位が「個なる人」ではなくて、「家」という人の集合体だからです。そして、だからこそ、前近代の制度社会は、「孤独」を許しません。それは、制度社会の基本単位である「家」からの脱走で、これを許していたら、制度社会というシステムそのものが崩壊してしまうからです。だからこそ制度社会は、これを「罰」として位置付けるのです。

「孤独」とは、「制度社会から逸脱する自由」でもあって、制度社会は逸脱そのものを罰する社会ですから、当然こんなものは許されません。罰せられて「排除」です。しかも、制度社会の基本単位は、「個人」ではなくて「家」ですから、排除となったら「家ごと排除」——つまり、罪は連座制になって、人は「家ごと」没落するのです。

制度社会は違反者を単位ごと排除し、排除されたものは「転落」します。制度社会は階層社会でもありますから、転落したものは、必ず「その下の社会」へ行きます。もちろん、この「下の社会」もまた制度社会の一部なので、ここで暮らすためには、やはり「単位」というものが必要になります。転落は「家ごと」起こり、その家に使用人がいれば、「使用人ごとの転落」という不思議な事態も起こるのです。「転落しても女中に守られているお嬢様」という不思議な存在がその典型です。転落しても、その生きて行く「下の社会」では、やっぱりまた「生活するための単位」というのが必要なので、そのパートナーを持ちえないものは、それよりまた「下」に転落するしかありません。「転落した個は発狂するしかない」という狂乱物の認識は、この象徴的な解釈です。それが、「孤独」を存在させない前近代のあり方で、近代は、これに対するアンチとして、「孤独」を発見したのです。

前近代における「罰」とか「転落」という考え方は、「孤独」というニュートラルな状態の発見によって、すべて「自由」と置き換えられます。孤独が「自分の歌だけを唄っていられる楽園」になるのは、そのためです。

「孤独」は、「個の自覚」の別名です。「孤独」を存在させなかった前近代の社会は、「個の自覚」をあまり必要としませんでした。そんなものより、「制度社会」というシステムに従うことの方が重要でした。制度は個を不在にする。不在にされた個は寂しがる——だからこそ、前近代の制度社会の中に、孤独はひっそりと生まれます。生まれて、それを「孤独」として発見されることを待っています。つまり、「孤独」は、「個の自覚」を必要としない制度社会とは対立するものなのです。だから、「孤独」を選択してしまった近代人は、自ずと「新しいルート」を拓かなければならなくなりました。「孤独」は、前近代の制度社会へ向かうものではなく、近代の非制度社会へ向かうものだからです。

「近代の非制度社会」というとむずかしくて、なんのことやらよく分かりません。分からないのは道理で、「近代の非制度社会」などというものは、まだないのです。

なぜないのか？　話は簡単です。前近代の制度社会から離脱して、従来の制度《システム》ではなく、制度から離れた個の調和による社会を目指さなければならなかった「孤独」というルートが、途中でUターンして、前近代の制度社会へ戻ることを「ゴール」としてしまったからです。「みんな悩んで大きくなった」のルートに足を踏み出した近代青年達が「ろくなオヤジ」になれなかったのはそのためで、「近代になってもまだ近代国家を作る」という矛盾——あるいは中途半端が見逃されたのもそのためです。だからこそ、「自立」の登場から三十年ほどたった二十一世紀になって、日本の政治家達は「改革」を叫ばなければならなくなってしまったのです。

二十一世紀初頭の日本社会の混乱は、官僚の腐敗と経済の不振を歴然とさせたまま、「古くなってしまった政治」をあぶり出します。古くなってしまったのは「政治」だけなのか？　なんだってこんなにも「一蓮托生」的にみんなが一続きになってだめになってしまったのかと言えば、相変わらず我々が「近代国家」の中にいるからです。「近代なのになぜ国家を作らなくちゃいけない？」という矛盾が、ようやくあらわになってしまったのです。

「孤独」というルートを拓きながら、近代は、その行先を相変わらずの制度社会＝前近代に設定したままだったのです。だから、「孤独」という近代の関門をくぐり抜けて、人は適当なところで、相変わらず前近代へ舞い戻ります。「青春の蹉跌《さてつ》」とはこのことでしょう。青春につまずいて「現実」に戻ると、そこは昔以来の「前近代オヤジ社会」なのです。「個」はありませんが、その代わりに、生活の保障をしてくれるシステムはあります。前近代の制度社会は、さまざまに「近代的」な色彩をまとって、近代においても健在のままなのです。

行先をなくした「孤独」は、いつの間にかその性格を変えます。「身分」という形でそのシステムを固定した前近代は階層社会で、であればこそそこに「転落」はあって、階層社会を排したはずの近代に「転落」はないはずなのに、「成長《ビルトゥングス》」を廃《すた》れさせた近代は、「孤独＝転落」と位置付けるようになってしまうのです。「転落」だから、「孤独」から脱することが容易には出来ない。「孤独」を「人の集団からの転落」と位置付けて、近代の装いをまとった前近代の社会は、これを容認します。容認されて、「孤独」は「許された時間の牢獄」と変わるのです。「孤独に転落したくなかったら、この制度に従順であれ」とする点で、二十世紀後半の日本社会は、まさしく「近代の装いをまとった前近代の制度社会」となったのです。

ここに、「個としての自覚」はいりません。かつて「個の自覚」の別名としてあった「孤独」は、別のものに変質してしまっています。「自立」は、そこに登場した、新たなる「個の自覚」だったのです。

「自立」は、「近代の装いをまとった前近代的制度社会」を目指しません。目指すものは、「近代の非制度社会」とか「脱制度社会」という、まだ存在しないものです。「存在しないから分からない」と言って、その方向を捨てることは出来ません。その方向を捨ててしまうと、前近代の制度社会へ逆戻りです。それをして、「孤独」は「時間の牢獄」に変質しました。「孤独」を発見した近代は「個の自覚」を必須としました。である以上、まだ存在しなくても、方向はそっちなのです。

「自立」は、近代が発見した、「孤独」の新たなる後継者です。「自立」に「孤独」はつきものです。そして、「自立」は本来、「孤独」の以前にあります。なぜならば、「孤独」とは、「要請された自立」の別名でしかないからです。スタート地点に「自立」があり、その後に、プロセスとしての「孤独」がある。それが分かりにくかったら、「人は自立を要請され、要請されてもそう簡単には達成出来ず、どうしたらいいか分からない内に孤独になる」と考えればいいでしょう。「孤独」が「孤独」のまま自己完結してしまっているのは、その初めとなる「要請された自立」という前提が忘れられているからです。

†野に咲く百合は、ソロモンの栄華よりも美しい

近代の初めは「近代を達成する路線競争の時代」で、だからこそここには、「個を達成するための孤立を択るか、個への執着を捨てた社会建設を択るか」という選択肢もありました——おそらく、今でもまだこういう考え方をする人はいます。こういう考え方をして、「個としての自覚」である「孤独」は、その方向性をなくしたのです。

「個の中に社会建設の方向性はある——あらねばならない」と考えなければなりません。そう考えなければ、「孤独」と同じように、「自立」もまた無意味になります。そして、この考え方を採用しなければ、人の作るどの社会も、「人として生きている実感を欠く社会」になってしまいます。

「野に咲く百合はソロモンの栄華よりも美しい」とは、紀元前の大昔の『聖書』の言葉です。国というものを求めてさまよい続けるユダヤ人の中からダビデが出て、その子のソロモンが繁栄の王国を作りますが、それもまた崩れます。ユダヤ人にとって「自分達の国」は究極の目的となって、でもそうでありながら、こういう言葉だって出て来てしまいます。

「人為よりも重要なものはある。それは、野に咲いている百合の美しさを見ていれば分かることである」です。

中国の唐の時代には、杜甫の『春望《しゅんぼう》』という詩もあります。「国破れて山河在り」です。この詩は、七五七年の安禄山《あんろくざん》の乱中の作です。安禄山軍の侵攻によって、唐の長安の都はメチャクチャになった。その時に杜甫は長安にいて、都のありさまというか、そこにいる自分の心境を詠んだものです。「国破れて山河在り」の前半はジーンとなって好きですが、五言律詩の全部を読むと、この詩はなんだか分からなくなります。

烽火《ほうか》三月に連なり
家書《かしょ》万金に抵《あた》る
白頭掻けば更に短く

渾《す》べて簪《かんざし》に勝《た》えざらんと欲す

「戦火は三月も続いて、家に手紙を出すにもやたらの金がかかる。白髪頭は薄くなって、ピンで止めようがなくなった」です。後半がこんなになると、前半の意味だって変わってくるかもしれません。

国破れて山河在り
城春にして草木深し
時に感じて花は涙をそそぎ
別れを恨んで、鳥は心を驚かす

よく読むと、『春望』という詩全体は、「戦争で荒廃してしまった。私はいやだ」の詩です。極端な解釈としては、「戦争で都は荒廃して私はいやだと思っているのに、自然だけはぬけぬけと健在だ」ということにもなりかねない詩です。それで私は、『春望』という詩全体を、よく読みません。一番最初の「国破れて山河在り」だけでいいと、個人的に思います。漢文の授業でこれに出っ喰わした高校の時から、そう思っています。

「国破れて山河在り」——これだけ見ると、「国家という人為なんかぶっ壊れても、自然がきれいならいいじゃないか」になります。「いいじゃないか」と思ってしまうと、自ずと「またやり直せばいいじゃないか」になってしまうので、私は「国破れて山河在り」だけでいいじゃないかと思うのです。「別に郵便代が高くなっても、抜け毛がひどくなっても、そんなことどうでもいいじゃないか」と。

「山河」がまずあるのだということを自覚しなかったら、「国」なんてなんの意味もないと思います。「ソロモンの栄華より美しい野に咲く百合」とか、「国破れて山河在り」という自覚があるということは、昔から、「人として生きることの実感を欠く社会は意味がない」ということが理解されていたからだろうとしか思えなくて、そう思うと、二十世紀という「近代の装いをまとった前近代の制度社会」がぶっ壊れても、別にどうってことないなと思ってしまうのです。

個人的には、「世界は美しさで満ち満ちているから、好き好んで死ぬ必要はない」と思う私は、それを広げて、「世界は美しさに満ち満ちているから、〝美しいが分からない社会〟が壊れたって、別に嘆く必要もない」と思います。それが、「美しい」を実感しうる人というものの、根源的な力なのだろうとしか、私には思えないのです。

ちくま新書
377

人《ひと》はなぜ「美《うつく》しい」がわかるのか

二〇〇二年一二月二〇日　第一刷発行
二〇二四年　九月　五日　第一六刷発行

著者　橋本　治（はしもと・おさむ）
発行者　増田健史
発行所　株式会社　筑摩書房
東京都台東区蔵前二−五−三　郵便番号一一一−八七五五
電話番号〇三−五六八七−二六〇一（代表）
装幀者　間村俊一
印刷・製本　株式会社　精興社

ISBN978-4-480-05977-2 C0270

ちくま新書

001
貨幣とは何だろうか
今村仁司
人間の根源的なあり方の条件から光をあてて考察する貨幣の社会哲学。世界の名作を「貨幣小説」と読むなど貨幣への新たな視線を獲得するための冒険的論考。

002
経済学を学ぶ
岩田規久男
交換と市場、需要と供給などミクロ経済学の基本問題から財政金融政策などマクロ経済学の基礎までを現実の経済問題にそくした豊富な事例で説く明快な入門書。

008
ニーチェ入門
竹田青嗣
新たな価値をつかみなおすために、今こそ読まれるべき思想家ニーチェ。現代の我々を震撼させる哲人の核心に大胆果敢に迫り、明快に説く刺激的な入門書。

009
日本語はどんな言語か
小池清治
文法はじつは興味津々！　本書は日本語独自の構造に根ざした方法によって構文の謎に大胆に迫る。日本語の奥の深さを実感させ、日本語がますます面白くなる一冊。

012
生命観を問いなおす
——エコロジーから脳死まで
森岡正博
エコロジー運動や脳死論を支える考え方に落とし穴はないだろうか？　欲望の充足を追求しつづける現代のシステムに鋭いメスを入れ、私たちの生命観を問いなおす。

016
新・建築入門——思想と歴史
隈研吾
建築とは何か——古典主義、ゴシックからポストモダニズムに至る建築様式とその背景にある思想の流れを辿りその問いに答える、気鋭の建築家による入門書。

020
ウィトゲンシュタイン入門
永井均
天才哲学者が生涯を賭けて問いつづけた「語りえないもの」とは何か。写像・文法・言語ゲームと展開する特異な思想に迫り、哲学することの妙技と魅力を伝える。

ちくま新書

029 カント入門　石川文康
哲学史上不朽の遺産『純粋理性批判』を中心に、その哲学の核心を平明に読み解くとともに、哲学者の内面のドラマに迫り、現代に甦る生き生きとしたカント像を描く。

032 悪文――裏返し文章読本　中村明
悪文とはなにか？　悪文のさまざまな要素を挙げ、その正体に迫るとともに、文章を自己点検する際のチェックポイントを示した悪文矯正のための実践的な文章読本。

035 ケインズ――時代と経済学　吉川洋
マクロ経済学を確立した今世紀最大の経済学者ケインズ。世界経済の動きとリアルタイムで対峙して財政・金融政策の重要性を訴えた巨人の思想と理論を明快に説く。

037 漱石を読みなおす　小森陽一
偉大なる謎――漱石。このミステリアスな作家の生涯と文学を新たにたどりなおし、その魅力を鮮やかにくみあげたフレッシュな再入門書。また漱石が面白くなる！

041 英文法の謎を解く　副島隆彦
なぜ英文法はむずかしい？　明治以来の英語教育の混乱に終止符をうち、誰でもわかる英文法をめざした渾身の徹底講義。比較級・仮定法のステップもこれでＯＫ！

045 英文読解術　安西徹雄
英文解釈からさらにより深い読解へ！　シドニー・ハリスやボブ・グリーンなどコラムの名手の作品をテキストにして、もう一歩先へ抜きでるコツと要点を教授する。

059 読み書きの技法　小河原誠
論理的で平明な文章を書く訓練は、書物を正確に読むことから始まる。新聞記事から人文科学書まで様々なレベルの文章を例示しながら展開する、すぐに役立つ入門書。

062
フェミニズム入門
大越愛子
フェミニズムは女性を解放するだけじゃない。男性にも生きる快楽の果実を味わわせてくれる思想なのだ。現代の生と性の意味を問い直す女と男のための痛快な一冊。

065
マクロ経済学を学ぶ
岩田規久男
景気はなぜ変動するのか。経済はどのようなメカニズムで成長するのか。なぜ円高や円安になるのか。基礎理論から財政金融政策まで幅広く明快に説く最新の入門書。

066
中国語はじめの一歩
木村英樹
世界の五分の一もの人々とのコミュニケーションを可能にしてくれる、夢ある言語・中国語。楽しく学べてしっかり基礎が身につく評判のこの教室に、あなたもぜひ！

068
自然保護を問いなおす
――環境倫理とネットワーク
鬼頭秀一
「自然との共生」とは何か。欧米の環境思想の系譜をたどりつつ、世界遺産に指定された白神山地のブナ原生林を事例に自然保護を鋭く問いなおす新しい環境問題入門。

071
フーコー入門
中山元
絶対的な〈真理〉という〈権力〉の鎖を解きはなち、〈別の仕方〉で考えることの可能性を提起した哲学者、フーコー。一貫した思考の歩みを明快に描きだす新鮮な入門書。

085
日本人はなぜ無宗教なのか
阿満利麿
日本人には神仏とともに生きた長い伝統がある。それなのになぜ現代人は無宗教を標榜し、特定宗派を怖れるのだろうか？　あらためて宗教の意味を問いなおす。

088
そば打ちの哲学
石川文康
哲学とそば打ち、そこにはどんな関係があるのか。自分で種を播き、粉をひいて打つ。単純だが、決して容易でないそば打ちの極意を伝授し、愉楽を説くそば通入門。

ちくま新書

093 現代の金融入門　池尾和人
経済的人口的条件の変化と情報技術革新のインパクトにより大きな変貌を強いられている現代の金融を平易・明快に解説。21世紀へ向けての標準となるべき会心の書。

098 イタリア的考え方 ——日本人のためのイタリア入門　ファビオ・ランベッリ
オシャレで情熱的で楽天家、でもマザコンで怠け者でいい加減——憧れと拒絶の両極に振れる日本人のイタリア観を解体し、内側から彼らの発想・思考・生活に迫る。

106 続・英文法の謎を解く　副島隆彦
好評の前著『英文法の謎を解く』の第2弾。基本動詞の使い方から、文型論・発音論、日本の英語教育問題まで、面白さをさらにパワー・アップした白熱の徹底講義！

110 「考える」ための小論文　西研　森下育彦
論文を書くことは自分の考えを吟味するところから始まる。大学入試小論文を通して、応用のきく文章作法を学び、考える技術を身につけるための哲学的実用書。

111 医療と福祉の経済システム　西村周三
官支配からの脱却、情報公開の必要性、負担と給付のバランスなど、高齢化社会のなかで医療と福祉の制度が抱える諸問題を整理し、改革の方向性を明確に示す一冊。

122 論文・レポートのまとめ方　古郡廷治
論文・レポートのまとめ方にはこんなコツがある！　用字、用語、文章構成から図表の使い方まで実例を挙げながら丁寧に秘訣を伝授。初歩から学べる実用的な一冊。

134 自分をつくるための読書術　勢古浩爾
自分とは実に理不尽な存在である。だが、そのことに気づいたときから自分をつくる長い道程がはじまる。読書という地味な方法によって自分を鍛えていく実践道場。

ちくま新書

253 教養としての大学受験国語　石原千秋
日本語なのにお手上げの評論読解問題。その論述の方法を、実例に即し徹底解剖。アテモノを脱却し上級の教養をめざす、受験生と社会人のための思考の遠近法指南。

261 カルチュラル・スタディーズ入門　上野俊哉　毛利嘉孝
サブカルチャー、メディア、ジェンダー、エスニシティ、ポストコロニアリズムなどの研究を通してカルチュラル・スタディーズが目指すものは何か。実践的入門書。

264 自分「プレゼン」術　藤原和博
第一印象で決まる人との出会い。印象に残る人と残らない人の違いはどこにあるのか？　他人に忘れさせない技術としてのプレゼンテーションのスタイルを提案する。

280 バカのための読書術　小谷野敦
学問への欲求や見栄はあっても抽象思考は苦手！　それでバカにされる人たちに、とりあえず、ひたすら「事実」に就くことを指針にわかるコツを伝授する極意書。

282 遺言状を書いてみる　木村晋介
ちょっとの遺産で兄弟が大揉め——なんてことになる前に。きっちり書けば不安も晴れる、遺言状の初歩の初歩。ご存知キムラ弁護士が、あなたの相談に応えます。

304 「できる人」はどこがちがうのか　齋藤孝
「できる人」は上達の秘訣を持っている。それはどうすれば身につけられるか。さまざまな領域の達人たちの〈技〉を探り、二一世紀を生き抜く〈三つの力〉を提案する。

308 宮崎駿の〈世界〉　切通理作
大気の流れからメカ、建物、動物、人間、草木……そしてそこに流れていた歴史まで。〈世界〉を丸ごと作る宮崎駿作品を共感覚的に探る、これまでにない長編評論。

ちくま新書